越後・親不知 翡翠の殺人／目次

越後・親不知　翡翠(ひすい)の殺人

私立探偵・小仏太郎

越後・親不知 翡翠の殺人
関連地図
日本海
親不知
青海
えちごトキめき鉄道
上越
新潟県
糸魚川
北陸新幹線
8
148
飯山
姫川
大糸線
小谷
白馬岳
高岡
富山
北陸自動車道
長野
青木湖
木崎湖
金沢
東海北陸自動車道
富山県
大町
147
安曇野
石川県
長堺山
上高地
松本
高山本線
長野県
岐阜県
福井県

地図製作／ジェオ

第一章　親不知子不知(おやしらずこしらず)

1

鼻歌でも口ずさみたくなるような五月の晴天の朝、小仏太郎(こぼとけたろう)はいつものように午前七時、探偵事務所兼自宅の窓をいっぱいに開けた。彼の足元で眠っていた猫のアサオが、ベッドから飛び下りると大あくびをして、手足を伸ばした。

彼はシャワーを浴びる朝もあるが、けさは冷たい水で顔だけを洗った。ドアポストから朝刊を引き抜いて広げた。いつもより重たかったのは、折り込み広告がいくつも入っていたからだ。

新聞を読みはじめて十分もすると、アサオが新聞の上にのる。ときには腹を見せて長ながと横たわることもある。新聞から目をはなさない小仏が嫌なのだろう。自分をかまってくれないので邪魔をするのだ。

アサオに餌（えさ）と水をやって、トーストをかじりながら、また朝刊に向かい合った。従業員のエミコこと山田（やまだ）エミコからは朝の散歩をすすめられているが、小仏は散歩が好きでない。東側の中川（なかがわ）の堤防を歩くといいといわれ、川を見ながら二回歩いてみたが、退屈だったので、それ以来、散歩をしていない。

八時五十分、エミコが出勤してコーヒーを淹（い）れてくれた。

九時十五分、イソこと神磯十三（かみいそじゅうぞう）が出勤した。

「タバコをやめろっていっただろ」

「出勤時間を過ぎたんで、なにか文句をいうだろうとは思ってた」

イソは玄関で靴を脱ぐ前に携帯の灰皿へ吸殻を押し込んだ。

もう一人の調査員のシタジこと下地公司郎（しもじこうしろう）は、横浜で調べることがあるので、現地へ直行している。

小仏がコーヒーを一口飲んだところへ電話が鳴った。シタジからだろうと思ったが、相手は警視庁捜査一課の安間（やすま）だった。

「小仏は、山に登ったことがあるよな」

安間は、朝の挨拶なしでいきなりきいた。

「ああ何度も。学生のときは年に四、五回登った年があった。なんだ、急に……」

「長野県警松本署から調査依頼があったんだ」

安間は書類をめくる音をさせた。

奥上高地(おくかみこうち)の徳沢(とくさわ)と蝶ヶ岳(ちょうがたけ)を結ぶ長塀(ながかべ)尾根の中間に長塀山荘がある。二、五六五メートルの長塀山の南麓(なんろく)だ。

秋、真っ赤に燃えていたカラマツが一斉に葉を散らす。すると樹木越しに鋸歯(のこぎりば)状の峰がしらを並べた穂高(ほたか)が眺められる。雪をかぶった稜線(りょうせん)は波のようで、写真家向きの風景となる。

一昨日、つまり五月十二日の午後三時少しすぎに長塀山荘へ男性登山者から電話があった。「山小屋に到着するのが午後五時半ごろになりそうです。夕食の準備があるでしょうから連絡しました」

山小屋に着く時間にしては少し遅いので連絡したということだろうと山小屋の主人は理解し、名前を尋ねた。すると男性登山者は上野洋一郎(うえのよういちろう)だと答えた。主人は、単独なのかときいた。

「独りです。あした蝶へ登るつもりです」といった。主人は、男の声の感じから二十代の人だろうと見当をつけ、それを二人の女性従業員に告げた。

午後五時半を過ぎたが、上野洋一郎という登山者は山小屋に着かなかった。

山小屋の主人は時計を見ながら顔を曇らせた。女性従業員は、いつでも食べられるようにと、食堂のテーブルに器を置いた。

森林帯の急斜面の上に建つ山小屋の窓は薄暗くなった。主人は窓をのぞいた。晴れの天候に変わりはなかった。破れテントのような木々の枝のあいだから、いまにも星が眺められそうだった。

主人は、また時計に目をやり、「外を見てくる」といって、ライトと双眼鏡を手にして山小屋を出ていった。

十五分経ったが、登山者は到着しないし、主人ももどってこなかった。

三十分ぐらいが経過した。主人はもどってこない。登山者も着かず、二人からは電話もなかった。

長塀山荘の従業員は三木裕子・二十歳と柴田はつ枝・十九歳。二人は顔を見合わせ、胸に手をやった。

裕子がはっと気が付いて、ポケットからスマホを取り出すと主人の番号へ掛けた。主人は徳久満輝、四十二歳。徳久のスマホは電源が切られていた。山小屋へ着くはずの上野洋一郎という男の電話番号は不明だった。

「おかしい」

「なにかあったんだ」

裕子とはつ枝はそういって、椅子に腰掛けたり立ち上がったり窓辺に寄ったりしていた。二人は外に出て、闇の森林のなかへライトを振ってみた。なんの反応もなく風の音もしなかった。

主人が小屋を出ていって、一時間半が過ぎた。

「なにかあったんだ」

はつ枝は胸で手を合わせると身震いした。

「届けよう。警察に連絡しておく」

裕子はスマホをつかんで一一〇番した。

その通報を松本署がキャッチした。

「夕方になっても到着しない登山者のことが心配になって、主人の徳久さんは小屋を出ていった。その山小屋はどんな場所に建っているんですか」

松本署の通信指令室の係官はきいた。

「森林帯のなかで、五十メートルぐらいが急坂なんです。小屋はその坂の上に建っています」

「主人の徳久さんは、その急な坂を転落したんじゃないでしょうか」

「馴(な)れている道です。転落したなんて……」

裕子はいったが、坂の下を見にいってくるといって、いったん電話を切った。

徳久は、上野という登山者と一緒になったので、二人で坂を登っていた。ところが足をすべらしたかなにかにつまずいたかして、二人とも滑落したことが考えられた。

だが垂直に立つ断崖（だんがい）ではないのだから、身動きができなくなるほどの怪我（けが）を負うことは考えられない。

裕子とはつ枝は、ライトをつかんで小屋を出て、坂を下った。二人ともそこには馴れていて、よろけたり、すべったりはしなかった。下りきったところには倒木が登山道の両側に横たわっている。

二人は、呼び馴れている呼び名の、「たいしょう」を大声で呼んだ。二つのライトを森林のなかへ這（は）わせた。呼んでは耳を澄ませた。声はどこからも返ってこなかった。

「うわあ、きれい」

人さがしにきながら不謹慎だったが、頭上を仰いだはつ枝が叫ぶようにいった。樹林のあいだに三日月が浮かんでいたからだ。彼女はくっきりとした三日月を見たのが初めてだというように、足をふんばってしばらく真上を見上げていた。

「たいしょう」

「たいしょう」

二人はまた声をそろえて呼んだが、答えは返ってこなかった。

ふたたび松本署へ連絡した。あすの朝、山岳救助隊を長塀山荘へ向かわせるという返事があった。

「松本署の調査依頼はこうだ」

安間はまた紙の音をさせた。

――長塀山荘の所有者は松本市浅間の桐島省治、五十六歳。彼は昨年四月、山で雪崩事故に巻き込まれて重傷を負った。松本市内の病院に入院していたが、内臓疾患が発見され、長期の療養が必要になった。そのため、山小屋の管理と運営をしてくれる人を募集した。応募者は数人いたが、そのなかで頑健そうだし、真面目そうだし、多少山歩きの経験もあるという徳久満輝を採用することにした。

徳久は新潟県出身で、上越市のスキー場に勤めた経験もあると、面接のさいに答えた。面接にきたときの住所は東京の足立区。四十二歳で離婚歴があるとも語った――

「山岳救助隊は長塀山荘で、二人の女性従業員から事情をきいたが、五月十二日の午後五時半ごろ以降、徳久という山荘管理人の男の行方は不明だ。行方不明になったときの状況にも不審な点がある。長塀山荘へ泊まるつもりだったという上野洋一郎と名乗った男も山小屋へ着かないまま行方不明。上野と名乗った男は、徳沢からの登りの途中で、長塀山荘へ電話したようだが、じつはべつの場所にいたことも考えられる。……振り返ってみると、徳久という男の過去も詳しくは分かっていない」

それで小仏は、徳久満輝の過去を早急に調べてくれと安間はいった。

小仏は、長塀山荘所有者の桐島省治の住所を詳しくきいて控えた。

小仏はイソを目の前へ呼んで、安間の依頼内容を話した。

「山小屋へ泊まるはずの登山者が、山小屋へ着かない。それを心配した管理人が外を見にいったが、そのまま山小屋へもどってこなかった。山小屋へ泊まるはずの登山者も到着しなかった。……ヘンだな。ひょっとしたらこれは、重大事件のはじまりかも」

イソは腕を組んだ。

「おどかすじゃないか」

「おれの予感はあたることがある」

イソは、長塀山荘には徳久の持ち物があるにちがいない。そのなかには身元と経歴などが分かる物があるのではないかといった。

昨日の朝、山岳救助隊は長塀山荘へいって、従業員の二人から徳久が外へ出ていったときのようすをきき、彼の持ち物も検べているだろう。

小仏は、二杯目のコーヒーを飲むと安間に電話して、長塀山荘と山岳救助隊の電話番号をきいた。

安間はいったん電話を切ったが、すぐに掛けてよこした。山岳救助隊長は伏見といって、以前、長野県警安曇野署の刑事課に勤務していた人だという。

山岳救助隊が森林帯にいると電波が届きにくいのではと思ったが、小仏が掛けた電

話に、

「伏見です」

と、はっきりした声が返ってきた。

小仏は名乗って、警視庁から行方不明の徳久満輝の所在をさがすことを指示された者だと名乗った。

「徳久という人は、どんな服装で、山小屋を出ていったのでしょうか」

小仏は伏見にきいた。

「二人の女性従業員の記憶では、長袖シャツの上へ革のジャンパーを羽織って、紺色のスニーカーを履いて、ライトと双眼鏡を持って出ていったといっています。山荘は高台の上に建っていますので、山荘の前から坂の下のほうを見下ろすつもりだったろうと思われます」

つまり山荘から何十メートルもはなれていないところに立っていたと思われるという。

「山荘を出てからの徳久さんを、二人の従業員は見ているでしょうか」

「見ていないということです」

「伏見さんは、山荘内で、徳久さんの持ち物をご覧になったでしょうね」

「見ました。着る物のほかに目立った物は、小型のノート一冊。それから文庫本が五冊。たとえば日記のような物は見あたりません。あ、日誌は記けていました。天候、宿泊者の性別、人数、行き先、受け取った料金などを、几帳面そうな四角張った文字で」

「勿論、宿帳は備えていたでしょうね」

「ありました。個々の宿泊者が記入したものです」

「五月十二日には、上野と名乗った人物が泊まることになっていましたが、そのほかに宿泊者はいなかったんですね」

「いませんでした。今年は四月十八日から小屋を開けていますが、宿泊者ゼロの日が三日あります」

徳久の出生地とか以前の勤務先の分かるものがあるといいがと思ったが、それのヒントになるようなものはなかったという。

小仏は伏見との電話を切ると、松本市の桐島省治の電話番号を調べて掛けた。桐島は自宅で徳久に面接したという。応募者の徳久は履歴書を持ってきたはずだった。桐島にそれをいうと、履歴書は保管しているといった。それをファックスで送信してもらうことにした。

五分もすると履歴書が送られてきた。

［新潟県立糸魚川西高校卒業。上越市岩水スキー場、東京都足立区・中神製作所各勤

務」

2

　小仏があちらこちらへ問い合わせの電話をしている間、イソは応接用のテーブル一杯に朝刊を広げていた。小仏が新聞を読むとアサオは邪魔をしにくるが、不思議なことにイソが読んでいる新聞の上にはのったりしない。だいたいアサオはイソのことが好きでないのか、彼とは距離をおいて毛づくろいなどをしている。

「おい。足立区の中神製作所がどこにあるのか、調べろ」

　イソは新聞を丸めた。

「丸めるな。きちんとたため。そんなことをいちいちおれにいわせるんじゃない」

「朝から、がみがみ。所長は機嫌が悪いの、エミちゃん」

　エミコは返事をしなかった。

　小仏は気が付いたことがあって、長塀山荘へ電話した。

「はい、長塀山荘です」

　事件など微塵(みじん)も感じさせない女性の明るい声が応(こた)えた。

　小仏は名乗って、調査を依頼された者だといった。

「ご苦労さまです。わたしは三木と申します」

歯切れのいい声だ。

「きのうは宿泊者がありましたか」

「ありました。女性の三人組でした」

「若い人たちでしたか」

「三十五歳と二十六歳と二十三歳です。三十五歳のリーダーは、毎年二回は山に登っているといっていました」

三人は夕食のあとビールを飲んで、午後八時ごろには寝てしまった。けさは五時半に起床し、七時半に蝶ヶ岳へ向かって出発した。きょうは常念岳までいくといったという。

「三人の女性は、徳久さんがいなくなったことについて、なにかをききませんでしたか」

「この山小屋は、女性が二人でやっているのかって、きかれただけです」

「あなたは、なんて答えましたか」

「男性が一人いるけど、用事ができて休んでいるといいました」

きかれたのはそれだけだったという。

徳久満輝の履歴書に記載されていた中神製作所は、足立区綾瀬だと分かった。

「車でいく」

小仏がいうと、イソはアサオの頭をひと撫でして事務所を飛び出ていった。

中神製作所は環状七号線の近くで、灰色の二階建てだった。近づくと金属を削るような小さい音がきこえた。従業員十数人の会社のようだ。

中神という五十代半ばに見える社長が出てきた。黒い汚れが点々と付いている作業服を着ていた。主に小さなスプリングを製造しているという。

徳久満輝という人が勤めていたかと社長にきくと、

「いました。去年の四月まで約三年間勤めていましたが、郷里の新潟へもどりたいといって辞めました。郷里になにかあったのかは分かりません。ききましたが、答えませんでした。両親のどちらかが亡くなったんじゃないかと、私は想像しましたが、ちがっていたかもしれません」

小仏は、入社のきっかけをきいた。

「受注量が増えたし、辞めた者もいたので募集したんです。金属加工の仕事は未経験でしたが、根が器用なのか、機械の使い方をすぐに憶えました。口数が少なくて、昼休みには食堂の隅で本を読んでいました。終業時間になると、着替えをして、さっさと帰りました。……約三年間勤めていましたが、親しくなった同僚はいなかったと思います」

　小仏は、特徴をきいた。

「無口な点と、酒が強いことでしょうか」

「酒が強い……」

「うちでは、毎年、夏休みの前と忘年会を、居酒屋の座敷を借りてやっています。徳久が初めて参加したとき、酒の強さに社員全員が舌を巻きました。ビールでも日本酒でも注いでやると、ぐいっと旨そうに飲み干します。私も二、三度注いでやりましたが、ぐいっと」

「酔いかたは……」

「素面のときとほとんど変わりません。素面のときより少し口数が多くなる程度でした。飲み会に参加するのは十二、三人で、そのうちの七、八人がカラオケへいきます」

「徳久さんもカラオケに……」

「一緒にいきました。うたいました。うまいんです。どういうところで憶えたのか、才能なのか、プロ顔負けです」

「酔っているのに……」

「歌詞も憶えているようでした」

小仏は、徳久の家族をきいた。

「面接のときにききましたが、何年か前に離婚したということでした。詳しいことを答えたくないようでしたので、突っ込んできかないことにしました」

当時の住所は足立区青井。アパートを借りていたようで、雨の日でないかぎり自転車で通勤していた。

「子どもはいたでしょうか」

「さあ。家族のことをきいたことはありません」

小仏は、徳久の当時の住所をきいてノートに控えた。

「どんな男でしたか」

車に乗ると珍しいことにイソが徳久のことをきいた。山小屋の管理人を務めていた男が、宿泊する登山者が山小屋に着かないので、事故を心配して外へ出ていったが、そのままもどってこない。その男は天に昇ったのか地にもぐったのか、山岳救助隊が捜索しても行方が不明のままだ。

徳久満輝が住んでいたアパートはすぐに分かった。黄色がかった壁の二階建てで、八部屋にはコーヒーのような色のドアがあった。家主にきいて、徳久は二階の西端の部屋に住んでいたことが分かった。家主はすぐ近くの道路沿いの花屋だった。花屋の女主人は厚地の前掛けをしてハサミを手にしていた。四十歳ぐらいで、髪を後ろで結わえている。

「徳久さんは、去年の四月まで住んでいました」

女主人は、人と話すときの癖なのか、空を見るように顎を突き出して答えた。

「何年間住んでいましたか」

「たしか三年間ぐらいだったと思います」

女主人は、徳久の勤務先も知っていた。彼のことをおとなしくて真面目そうな人でしたけど、というとバケツに入っていた細い枝をつかみ出して、枝先でしぼんでいる小さな花を剪り落とした。

「徳久さんのことを、なぜ調べているんですか」

徳久は、長野県松本市の山小屋の管理人を務めていたが、五月十二日の夕方、山小屋からいなくなった、と話した。

「山小屋からいなくなった。どういうことでしょう」

女主人はハサミを動かした。

「どういうわけでいなくなったのか、分かりません。それで、過去になにかあったんじゃないかって、調べているんです」

「山小屋を逃げ出したんですか」

「そのようでもありますが、はっきりしたことは分かっていないんです」

「わたしも年に一度は山登りをしています。管理人がいなくなってしまったら、そこへ着いた登山者は困るでしょうね」

「女性の従業員が二人いるので、登山者が困ることはないと思います」

徳久について、なにか思い出したことはないか、と小仏はきいた。

「徳久さんの部屋へは、ときどき女の人がきていました。徳久さんより少し若い人でした。窓辺に布団や洗濯物を干しているのを、何回か見たことがありました。奥さんかもしれません。奥さんは、なにかの事情でべつのところに住んでいたのかも」

「その女性以外に訪ねてくる人はいましたか」

「さあ。わたしは会ったことがありません」

徳久は、花を買いにきたことがあるかをきいた。

「たしか、小さなバラの鉢植えを買っていったことがありました。窓辺に置きたいといったので、わたしが見つくろって。アパートから引っ越したあと、その鉢植えは台所に置いてありました」

女主人からはこれ以上情報はとれないと思ったので、丁寧に礼をいって引き下がった。

車にもどるとイソはアイスキャンデーを舐めていた。

「おまえは、ガキみたいだな」

「所長も、アイスを食いたくなることがあるでしょ」

「ない」

「所長は、損な性分だよな。人には好かれないでしょ」

小仏は事務所へもどることにした。徳久満輝の行方不明について、いま一度じっくり考えてみることにした。


山小屋にいた徳久に、今夜宿泊するという男が電話をよこした。その男は上野洋一郎だと名乗った。

午後五時を過ぎても上野という男は山小屋へ着かなかった。森林帯は夕方、里よりも早く暗くなる。山小屋の位置が分からなくなるということは考えられないが、坂道を登る途中で怪我を負ったかもしれないと徳久は心配になって、山小屋を出て一本道の坂に目を這わせた。

上野という男は坂道を登ってきたのではないか。その姿と顔を見たとたんに徳久は目をむいた。身震いした。そこに立っていられなくなって、山小屋の裏側へまわるか林の奥へ駆け込んだ。つまり上野という男から逃げたのだ。徳久にとって上野は、会ってはならない人間だった。電話では上野洋一郎と名乗ったが、それは偽の氏名だった。

上野は、山小屋の前から姿を消した徳久を追いかけた。山中を逃げまわる彼に追いついた。追いついたとしたら、ただではすまなかったろう。徳久は上野に断崖へ突き落とされるか、刃物で切りつけられるか、刺されたのではないか。切られるか刺されたのだとしたら徳久は、暗い森林の古木の根元で屍になっているはずである。

それとも徳久は追ってきた上野から逃げきった。が、山小屋へはもどれなくなった。それで後を振り返りながら泣く泣く山を下った――

その推測を小仏は、伏見に電話で伝えた。

伏見はうなずいているようだったが、

「逆ということも考えられます」

といった。

「逆とおっしゃると……」

「徳久は、山小屋の管理人になっていたが、それは身を隠すためでした。隠れていたがそれを上野に見つかり、逃げようとしたがつかまって、格闘になった。揉み合ったり殴り合いの末、上野を倒してしまった」

「というと、上野の屍が山中のどこかに転がっている可能性があるということですね」

「二人が争ったのだとしたら、そういうことも考えられます」

「いずれにしろ、徳久はもう長塀山荘へはもどらないでしょうね」

徳久満輝は本名だった。それは中神製作所でも長塀山荘の所有者の桐島も、運転免許証で確認している。

氏名が怪しいのは上野洋一郎だ。その名は宿泊予約の電話で、徳久がきいただけだ。全国に、上野洋一郎という名の人はいるだろうか、とエミコにいうと、何人もいそうな気がすると答えた。

安間に電話した。長塀山荘へ上野洋一郎と電話で名乗った人物を割り出したいと告げた。

安間から翌日、文字は異なるが、「うえのよういちろう」という人が五月十二日にどこにいたのかの確認を、警視庁は全国の警察に依頼したという回答があった。

その確認には二日間を要した。が、長野県内にいたかどうかは不明だった。

「偽名だった可能性が濃厚だ」

安間がいった。

「徳久満輝を、山小屋から外へ呼び出すために使った名だったんだな」

小仏はこめかみを指先で揉んだ。

徳久は、登山者が山小屋へ着かないのを心配して小屋の外へ出た、という推測はまちがっていないようだ。その徳久は、山小屋へ向かって坂を登ってくる男を見て、たじろいだ。会ってはならない男だったからだろう。この世で最も怖(おそ)れていた人物だったのではないか。

それで彼は、山小屋へ引き返すこともできず、樹林のなかへ逃げ込んで、山を下ったことも考えられる。

彼には世間に隠さなくてはならない過去があった。その過去を追いかけている人間がいた。それが上野洋一郎を名乗った男のような気がする。

小仏は、徳久満輝の歩んだ径(みち)をたどってみることにして、それを安間に伝えた。

3

新潟県上越市の岩水スキー場へ電話して、徳久満輝の勤務期間を尋ねた。その結果、同スキー場には約二年間勤めていたことが分かったが、

「その前は、長野県のスキー場に勤めていたようでした」

と、徳久を記憶している社員が答えた。

「長野県内のなんというスキー場に勤めていたのでしょうか」

小仏はきいた。

「白馬(はくば)の八方(はっぽう)尾根だったようです」

スキー場の名を正確には憶えていないという。

「徳久さんは、糸魚川西高校を卒業したようですが、糸魚川市の出身ですか」

「糸魚川市になる前の青海町の出身だったようです」

小仏は電話を終えると地図を広げた。

糸魚川市の西、姫川を渡ったところが青海町だ。えちごトキめき鉄道と北陸道の往還が、日本海海岸線を並行している。親不知トンネルがあり、その一帯が親不知子不知県立自然公園だと地図にはあった。

「日本海の波しぶきをあびそうなところだね」

小仏が地図を見てノートにメモを取っていると、イソがのぞいた。以前は新潟県西頸城郡青海町だったが、現在は糸魚川市になっている。富山県境に近い。

「辺鄙なところみたいだけど、どうやっていくの」

「いまの日本に辺鄙なとこなんて、ない。立派な鉄道がとおっているんだ」

「車でいくと、何時間かかるかな」

「列車でいこう。糸魚川まで北陸新幹線。そこでレンタカーを調達する」

「現在四十二歳の男の過去。……出身地へいって、行方不明になった理由や事情が分かるかな。無駄足になるかもしれないから、所長だけいってみたら」

「ぐずぐずいってないで、あした現地へいく準備をしておけ」

「あしたの朝、早いんじゃないの」

「八時四十分東京発の『はくたか』に乗る。二時間ちょっとで糸魚川に着く。えちごトキめき鉄道に乗りたいが、連絡がよくない。やはり糸魚川でレンタカーだ」

イソは、アサオの頭をひと撫ですると、口笛を鳴らして事務所を出ていった。

「糸魚川か……」

エミコがなにかを思い出したらしい。

「わたしは、佐渡(さど)・相川(あいかわ)の小さな旅館の家に生まれましたけど、母が出来のよくない人だったらしく、黙って家を出ていってしまいました」

エミコは、炊事場の流し台に寄りかかるようにして話した。

彼女の母親は、しばしば旅館へ泊まりにきていた男と親しくなり、夫とエミコに一言も告げずに家を出ていってしまった。夫、つまりエミコの父は、彼女を置き去りにした母の行方をさがさなかった。そして父は、エミコを新潟市の母の姉にあずけ、経営意欲を失ってか、旅館を廃業し、酒造所へ就職した。

エミコは大倉家で、伯母の子どもと分けへだてなく育てられた。二十歳(はたち)になったとき、母に会いたくなった。母は愛人の男と東京のどこかで暮らしているらしかった。その母をさがすために彼女は上京し、遠縁にあたる亀有(かめあり)の三ツ木(みつぎ)不動産の主人を訪ねた。それより少し前に、小仏は亀有駅の近くのビルの一室を借りて探偵事務所を開設した。だが、すぐに仕事が入るわけがなかった。

その小仏を見ていたように三ツ木は、エミコの母の所在さがしを小仏に依頼した。それが小仏探偵事務所の最初の仕事だったのである。

小仏は、エミコの母の所在をさがしあてた。エミコは、母のふところへ飛び込むように駆けつけることだろうと思っていたが、小仏が書いたレポートを読んで、その気を失ってか、いまだに母には会いにいっていない──

「新潟の伯母の家の隣が、ワイシャツやブラウスの生地の織り屋なんです。従業員が十人ぐらいの町工場。わたしが高校三年生になったとき、あや香っていう女の子が住み込みの従業員として入りました。中学を出たばかりで、糸魚川の出身でした。実家はなんとかいう遺跡の近くだといっていました。あや香ちゃんは織り屋を好きでなかったらしく、しょっちゅう大倉の家へ遊びにきていて、休みの日は三食、大倉の家のご飯を食べていました。……だれにもらった物なのか、直径が三センチぐらいの翡翠の玉を持っていました。彼女はいまも織り屋で働いています」

「エミコとは仲よしだったんだな」

「そう。冬はこたつで、一緒に眠ったこともあります。……そうだ。きょうはあや香ちゃんに手紙を書こう」

シタジが疲れた顔をして帰ってきた。きょうのシタジは、化学薬品メーカーの規模を調べるために横浜へいった。ライバルの同業企業からある薬品の生産量を知りたいという依頼を受けていたのだった。シタジは直接メーカーを訪ねて、応対した総務担当者に生産量を尋ねたが、答えてはもらえなかった。依頼者に対して、答えてもらえなかったでは、調査料を請求しにくい。そこでシタジは、新しい生産設備を納入した業者にあたり、その規模を聞き込んできたのだという。

「よくやった。新規の生産設備の規模が分かれば、新製品の生産量をほぼ推しはかることができる」

小仏はそれをレポートにまとめて、エミコに報告させることにした。

伏見が隊長の山岳救助隊と松本署員の十名が、長塀尾根の周辺を捜索しているが、徳久と、山小屋へ電話をよこした上野洋一郎の痕跡は見つからないという。

小仏は安間に、いままで分かった徳久満輝の職歴を話した。

「徳久は、上野と名乗った男に山小屋の外へ誘い出されたんだ。そして山小屋への坂を登ってくる上野を見たとたん、そこにいてはまずいと判断して、樹林のなかへ身を隠したんだと思う」

「徳久は身の危険を感じたということだろうな」

安間は首をかしげながらいっているようだ。

「上野と名乗った男は、前から徳久の所在をさがしていたような気がする。そうしたら山小屋の管理人になっていることをつかんだ。そこで彼を山小屋の外へ呼び出す方法を考え、それを実行した」

「徳久が山小屋の外へ出てこなかったらどうしたと思う」

「山小屋の屋内で、惨劇があったかも」

「そうだな。徳久という男は、何者かに生命を狙われていたんだな」

「あしたから、出身地へいって、経歴を詳しく調べることにしている。勤務先を転々としているのは、常に身の危険を感じていたからじゃないかとも思う」

「徳久の出身地は、どこなんだ」

「越後に、親不知、子不知というところがあるのを、知ってるか」

「新潟県か。なにかで読んだか、だれかからきいたことがある地名だが、どの辺なのかは知らない」

「南は長野県、西は富山県に接していて、現在は付近の町が合併して、糸魚川市になっている」

「思い出した。昔は北陸道の最難所といわれていたところじゃないか」

「そうだ。海岸線の道は海の波をかぶっていた。背後は険しい断崖だった。そこがいまは長いトンネルになっているらしい」

「小仏は、そこへいったことがないのか」

「何年か前に列車で通過したが、考えごとをしていたのか、居眠りをしていたのか、風景を見た記憶がない」

小仏は電話を切った。背後にイソが立っていた。

「旅に出ることになったんで、今夜は全員でかめ家で……」

かめ家はすぐ近くの小料理屋だ。五十代の夫婦でやっていて、十九か二十歳のゆう子という娘が手伝っている。

ゆう子は最近、駅前交番の巡査と親しくなって、巡査の休日にはデートをしているらしい。

四人が事務所を出ようとしたら、リンゴ箱のなかで居眠りをしていたアサオが飛び出てきた。「おれを置き去りにするのか」という顔をして小仏をにらんだ。

かめ家へ入った四人は小上がりで向かい合い、刺し身、焼き鳥、おでんと、いつもと変わらない物をオーダーしたが、イソだけは腕組みして黙っている。

「どうした。腹でも痛いのか」

小仏がきいた。

「おれは急に、アイスを食いたくなった」

「ヘンな野郎だな。外でアイスを食ってこい」

イソは黙って立ち上がって店を出ていった。が、五、六分すると、アイスキャンデーをくわえ、四本を手にしてもどってきた。そのうちの一本を、調理場にいたゆう子に与えた。

「料理屋でアイスを食うのか。持ち込み料をいただくよ」

ねじり鉢巻きのおやじが目を笑わせていった。

八時になった。カウンターには男の客が五人並んだ。

日本酒を飲んでいたイソの上体が揺れはじめた。

「あしたは少しばかり早起きすることになるから、この辺で」

小仏がいうと、エミコはさっと立って勘定をしてもらった。

イソだけがグラスをつかんでいる。

「早く帰って、早く寝ろ」

小仏がいうとイソは、

「おれは、ちょっと用事がある」

「おまえの用事は、ライアンだろ。きょうはいくな。あしたの朝のことを考えろ」

すぐ近くのバー・ライアンには、色白で太っていて大柄のキンコというホステスがいる。イソは彼女にぞっこんなのだ。彼女の本名は伊達君子(だてきみこ)。二十五歳といっているが、ほんとうは二つ、三つ上らしい。

彼女は、秋田県男鹿(おが)市船川港(ふながわみなと)の出身だ。彼女が八歳のとき、漁師の父は漁で沖へ出たまま帰ってこなかった。沖で船もろとも波に砕かれたのか、北朝鮮へでも連れていかれたのか、なんの手がかりもないままだという。

店を出るとイソは未練ありげにライアンのほうへ顔を向けた。たまにだが、彼はふと寂しげな表情を見せることがある。

「親不知の海の波にさらわれて、今生の別れになるかもしれないので、一時間だけ」

小仏はイソの未練がましい顔つきに負けて、ライアンへいくことにした。

エミコは、アサオに餌を与えて帰宅するといって別れた。

小仏、イソ、シタジの三人は、黒に近い灰色のドアを肩で開けた。店内は静かだ。たったいま六人組が帰ったところだといって、キンコとマドカが後片付けをしていた。マドカは重ねた皿をカウンターに運んでいた。その格好に経験の馴れがあらわれていた。

キンコは小仏らに、「いらっしゃい」といって、テーブルを拭（ふ）いて、客が落としていった物はないかというふうに床に目を這わせた。

大柄で、背中に布団でも重ねているような肉付きのママは、壁を向いてタバコを喫（す）っていた。

細面ですらりとした背のマドカは、この店へ入って一年ぐらいだ。彼女が入ってから客が増えたと小仏はみている。入った直後に小仏は、どこからきたのかを彼女にきいた。函館市の北の森町の出身だと答えた。小仏は両裾を広げた渡島富士とも呼ばれている駒ヶ岳の山容が好きだが、観光地の大沼よりも裏側の内浦湾を眺めるのが好きである。

「噴火湾って呼ばれていて、対岸の室蘭が島みたいに見えます」

マドカは遠くを眺めるような目をしたものだった。

「みんな、あれこれ事情を抱えてんだろうけど、家賃も物価も高い東京へ集まってくるんだよな」

イソがぽつんといった。

「物の値の高さには替えられない魅力が、東京にはあるのよ」

キンコがいって、ウイスキーの水割りをつくると、マドカが細い手で三人の前へグラスを置いた。

「東京の魅力か。キンコちゃんは、東京のどこが好きなの」

シタジがグラスを持ってきいた。

「わたしは浅草が好きなの。観音さまを拝んだあと、伝法院通りのお店で、いつも天ぷらそばを食べるの。……それにいつ見ても感心するのは、どこへいってもきれいじゃない。お店も道路も。……マドカちゃんは、休みの日、どこかへいくの」

キンコはビールを一口飲んだ。

「わたしは雨でないかぎり毎週、東京駅を見にいくの」

「東京駅。人混みじゃないの」

「駅のなかじゃないの、丸の内側からの横に長い赤レンガの建物を眺めるの。写真を撮っている人がいつもいるわよ。そのあと八重洲側へまわって、中央通りまでいって銀座まで歩く。どのお店もきれい。ことに文房具のお店は楽しい。……一度、ビルのなかの喫茶店へ入ってコーヒーを飲んだけど、九百円で、びっくりして、もう二度と。……東京駅を見たり、銀座を歩いていると、東京に住んでいることが実感できているもの。……ママは、休みの日、どうしているの」

「あたしゃ、夕方まで寝てて、起きるとすぐに近くの銭湯の亀の湯へいく。一時間ぐらい、からだを洗ったり、湯槽に入り直したりして。……そのあと鳥新かすし貞で、ゆっくりご飯を食べる」

ママは、茨城県土浦市の農家の生まれで、二男四女の四番目の子だったといっていた。中学を出ると江東区の布帛製品の工場に勤めていたが、二十一歳のとき、その工場を辞めて、錦糸町駅の近くのキャバレーに勤め、歌をうたったり、客とダンスをしたりして、切り詰めた暮らしをして、三十九歳のときにバー・ライアンを開いた。以前から知り合っていたサラリーマンの男と同棲したことがあったが、その男は他所の店で酒を飲み、彼女にしょっちゅう小遣いをせびった。一年近く一緒に暮らしていたが、男に愛想をつかして、追い出した。男に小遣いとして渡していた金は貸したものとして記録しておいて、彼が出ていったあと、彼の実家へ押しかけて、父親に返してもらった。母親が出てきて、頭からつま先まで舐めるように見てから、『ここへは二度とくるな』といわれた。

「あたしは、六十までこの店をやって、あとは独りで、のんびり暮らすつもりでいるんだけど……」

と、以前、小仏に語ったことがあった。

イソは、休日にどこへいくのか、とキンコがきいた。

「おれは動物園が好き。年に二、三回は上野動物園へいく」

「キツネやタヌキは、おまえが檻に近づくと怯えるだろ」

「ケッだ」

シタジは、魚市場を見にいっているという。

「所長は、新宿歌舞伎町だろうね」

イソが口のなかで氷をころがした。

「おれがちょくちょくいくのは、かっぱ橋道具街だ。鍋や釜から、大工道具まで見て歩く」

「地味だね」

ママはそういってから、小仏に向かって、

「今年は、キンコとマドカを連れて、どこかの温泉へいきたいね。小仏さんは、あちこち旅行してるから、いい温泉地を知ってるでしょ」

ときいた。

「いままでいったところで、いい温泉地だと思ったのは城崎温泉だ。街はきれいで風情があるし、温泉のハシゴができる」

「城崎って、兵庫県じゃないの」

「そう、日本海が近い」

「遠すぎるよ」

「じゃあ、飛驒高山から奥飛驒温泉郷は……」

「そこも遠いじゃない」

「箱根にしたら」

「箱根か……」

「都内にも、温泉はいくつもあるよ」

キンコがいった。

「あんたは風情がないね」

小仏たちは水割りを三杯ぐらい飲んだ。

「一曲ずつうたって、おひらきにしよう」

小仏がいうと、イソが歌の下手な順にといって、小仏を指差した。

客が一人、肩をすぼめて入ってきた。雨になったという。

店へ入るときは一時間で帰ることにしていたが、三十分ばかりオーバーした。

独り者同士の三人は、上着を頭にかぶって、小雨のなかを散っていった。

4

北陸新幹線金沢行きの「はくたか」は東京を定刻通りに発車した。

二人は、東京駅のホームで買った弁当を膝に置いたが、イソは弁当を開かなかった。横顔を見ると目を瞑っていた。ゆうべの酒が頭に残っているのか眠いらしい。

小仏はイソに声を掛けず、弁当を平らげてお茶を飲んだ。列車は高崎を出たところだった。イソは軽井沢で目を開け、もぞもぞと動いて弁当を食べはじめた。なにもいわず不味そうに食べ終えると、空をつかんで捨てにいった。

どこでなにがあったのか、列車は定刻を二分近く遅れて糸魚川に着いた。

駅前には薄陽が差していた。小仏は何年か前、警視庁にいたころにこの駅に降りたことがある。それは真冬で、細かい雪が斜めに降っていた。昼間なのに夕方のような薄暗い雪道を、一軒の家をさがして一時間ばかり歩いたのを思い出した。

レンタカーを調達した。新しい車だった。

イソは、ガムを噛みながらカーナビをにらみ、指先で調整した。こういうときのイソは、小仏がなにをきいても返事をしない。

「よし、いくぞ。十三、四キロだ」

彼は駅前の道路を一回転させるように走ると車首を西に向けた。親不知駅は糸魚川から二つ目である。国道八号は海岸に沿っている。姫川をまたぎ、えちごトキめき鉄道の青海を通過した。北陸道はますます海側へ寄った。陸地は海へ切れ落ちている。

「この辺だな」

小仏が地図に目を落とした。

「なにが……」

イソは前方を向いたまままきいた。

「昔は北陸道で最大の難所といわれていたところだ。大昔の話だが、平清盛の異母弟だった頼盛は越後に身を隠していた。平家が源氏に敗れ、追手から逃れるためだ。離れて暮らしていた頼盛の妻は、二歳の子どもを抱いて京から夫のもとに向かった。北陸道を難儀の末越えて、この地にさしかかったとき、たたきつけるような波が親子を襲った。愛児は、激浪にさらわれた。悲嘆にくれた彼女は、『親知らず　子はこの

浦の波まくら　越路の磯の　あわと消えゆく』と詠んだ。……あまりの難所で、親は子を、子は親を振り返るひまもないことから、この土地にこの名が付いたといわれているんだ」

「その話、どこかがちいっとちがっているようだけど、まあいいや」

親不知子不知の話、イソもどこかできいたことがあったようだ。

二人は、親不知記念広場の展望台に立った。若いカップルが一組やってきたが、波が岩を砕くような音と、揺れる地面に総毛立ったのか、三分としないうちに去っていった。平成二十六年三月、親不知子不知の一部が国の名勝「おくのほそ道の風景地親しらず」に指定されたという。

風に波が吹き上がって霧になるのか、能登(のと)半島が見え隠れした。海からの突風は木々の枝を泣かせた。

「ここを越える人が波にさらわれたというんだから、道はここよりずっと下のほうだったんだね」

イソは胸をかいこんだ。

「そうだ。北陸道最大の難所だったが、親不知の長い断崖絶壁を貫通させ、百年以上前に鉄道トンネルを完成させたんだな。トンネルが出来る前のここは、命がけでの通過点だった。走り去る人もいたが、念仏を唱えて難所を越える人もいたらしい」

鉛色の海の沖には北へ向かう白い船が見えた。岩壁すれすれに鳥が飛んでいる。風がいちだんと強くなった。

二人は波の音に追われるように車にもどった。

徳久満輝の実家は、親不知駅からは一キロほどはなれていた。兼重（かねしげ）という父とかやのという母の二人暮らしであることが分かっていた。

実家の徳久家は、農家らしい家々が六軒かたまった集落にあった。板葺（いたぶ）き屋根の古い家で、庭には眠そうな顔の茶毛の犬がいた。小仏が玄関へ近づくと、警戒するような目をしたが、吠（ほ）えなかった。

三、四年前のことだが、東京の住宅街のある家の玄関の前で、にらみを利かせていた犬に向かって手を伸ばしたところ、嚙みつかれそうになった。以来、小仏はおとなしそうな犬を見ても絶対に手を出さないことにしている。

犬の位置から二メートルほどはなれたところで、玄関に向かって声を掛けた。二、三分して玄関の戸が開いた。白い髪を短く刈った男が顔だけのぞかせた。

小仏は名乗って、

「満輝さんにお会いしたいのですが、連絡がありますか」

ときき、「お父さんですか」ときいた。

「そうですが、満輝はここにはおりません」

兼重はつっかけを履いて庭へ出てきた。

「現在、どこにいらっしゃいますか」

「東京です」

「東京のどこかご存じですか」

「あなたは、満輝のことを調べているんですね」

兼重は小仏が出した名刺を見直した。

「お会いして、うかがいたいことがあるんです」

「どういうことを……」

「山小屋からいなくなった事情をです」

「山小屋……。満輝は山小屋に泊まっていたんですか」

父親は、満輝が山小屋の管理人を務めていたことを知らないらしい。

兼重はあらためて小仏の顔を見てから、壁ぎわの床几（しょうぎ）を前へ引き出した。小仏は兼重に並んでななめに腰掛けた。

満輝は、去年の四月から北アルプスの長塀山荘という山小屋で、管理人を務めていた。その山小屋には若い女性が二人勤務していて、そこを三人で運営していたことを話し、五月十二日に事件が起きたのだと、二人の女性従業員からきいたそのときの満輝のようすも説明した。

　兼重は、あきれたというふうに口を開け、二人の前をいったりきたりしている犬を見ていた。

「満輝さんとは、何年もお会いになっていないのですか」

「去年は正月にきて、たしか二日間いて、東京へもどりました。二年ぶりにきたんです。足立区というところに住んでいて、そこの近くの会社に勤めているといっていました。何度も勤め先を変えるので、その理由をききましたけど、はっきりした答えは返ってきませんでした」

「結婚されたことがあったようですが……」

「いいえ、ありません」

「女性を連れて帰省したことは……」

「ありません。好きになった女性は一人や二人はいたでしょうが。……もう四十二にもなったのに、困ったものです。こっちにいれば、嫁をもらうことはできたと思います」

　背後で女性の声がして、ガラス戸が開いた。かやのという満輝の母だった。兼重はかやのに、小仏の用件を説明した。満輝が五月十二日の夕方、勤めていた山小屋から姿を消したことも話した。拝むように胸で手を合わせていた母は後ろを向いて泣き出した。彼女は満輝のことを運の悪い子なのだと涙声でいった。

小仏は、いままで満輝が勤めたところを知っているかと、二人にきいた。すると二人は顔を見合わせ、首をかしげた。学歴をきいた。糸魚川西高校を卒業したと答え、卒業と同時に京都へいったという。

「就職したのですね」

「そうです。たしか食器販売の会社でした」

それは京都のどこで、なんという会社かをきいた。

「なんという会社だったかは忘れましたけど、京都でも有名な大きいお寺の近くだときいた憶えがあります」

満輝はその会社に勤務しているあいだに一度だけ帰省した。京都の菓子を手みやげにしてきた。彼には妹が一人いて、糸魚川市内に住んでいる。その妹にも会いにいき、実家には二泊して京都へもどった、と兼重は頭に手をやって答えた。両親は、満輝を京都へやったことを後悔しているようにもみえた。

第二章　京都へ

1

　徳久満輝の実家での聞き込みで、彼は高校を卒業すると京都の企業へ就職したことが分かった。その勤務先を両親は憶えていなかったので、卒業校の糸魚川西高校を訪ねた。学校の斡旋で就職したことが考えられたからだ。

　高校で記録を見てもらうと、徳久は京都市東山区本町の「福山」という食器類販売会社に就職していた。両親は、

「満輝が勤めていた会社は、京都でも有名な大きいお寺の近くだときいた」

　といっていた。

「東山区の大きい寺といったら、東福寺か泉涌寺だろうな」

「所長は京都のお寺のことに詳しいんだね」

イソは、あきれたというふうに口を開けた。

「でかい声を出すな。そんなことを知ってる人はゴマンといる」

「そうかなあ。おれは清水寺と三十三間堂しか知らないけど」

「おまえはものごとを知らなさすぎだ」

「ケッ。京都の寺の位置なんか知らなくたって、生きていける」

「それがいけない。ものごとを多く知っていると、いつかどこかで、なにかの役に立つんだ」

これから京都へいくことにした。

「車で……」

「いや、車を返して、糸魚川から列車だ。まず安全を考えないと」

糸魚川から金沢と敦賀を経由して、京都に着いたときは深夜近くになっていた。

イソが「腹がへった」を連発したので、カレーの店へ入った。

「今夜は、カレーだけですますの」

「贅沢をいうな。カレーといっても、その辺の店のものとは大ちがいなんだ」

二人は、レンガ造りのビルの地階の店へ入った。客は何人もいて、なかには、「辛い」といって口を開けている女性もいた。

小仏はすぐにビールを頼み、超辛のインドカリーをオーダーした。

音をさせるようにビールを飲んで、カレーを一口食べたイソは、悲鳴のような声を出した。辛いが旨いといったのだった。

「カレーなんか、女子どもの食い物と思ってたけど、こりゃあ病みつきになりそう。所長はなんで、京都のこの店を知ってるの」

「警視庁にいたころ、先輩刑事にこの店を教えられたんだ。以来、京都へくるたびに寄る」

イソは、ビールと水を飲むと、あとはなにも要らない、と珍しいことをいった。

ゆうべの辛いカレーが効いたのか、いつもより早起きしたイソは、朝食を食べ終えたといって、ホテルのロビーで新聞を広げていた。

小仏はトーストと野菜サラダとハムを食べるとコーヒーを二杯、ゆっくり飲んだ。レストランの出入口近くの衝立に朱塗りの鳥居の写真が貼ってあった。伏見稲荷大社だ。けさはそこを参拝することを思いついた。イソに伏見稲荷に参ったことがあるかをきくと、ないと首を振った。

小仏とイソは、京都市では最も古い神社のひとつといわれているお稲荷さんの大鳥居をくぐった。稲荷山を背にして、朱塗りの重厚な社殿が並んでいる。参詣する人たちの列ができていた。紺の制服の中学生らしいグループの姿も目に入った。

「豊臣秀吉（とよとみひでよし）も、このお稲荷さんを信仰していたそうだ」

石段を踏みながら小仏がいった。

「居城の伏見城には、稲荷大社の流れの満足（まんぞく）稲荷、城郭（じょうかく）風邸宅だった聚楽第（じゅらくだい）には、出世（しゅっせ）稲荷をまつっていて、身内が病気にかかったりすると、『特に熱心にご祈禱（きとう）を』とか、『病を治してくれたら、所領を加増する』というようなことをいっていたらしい」

「ふうん。所長はそんなことを、どこで憶えたの」

「本に書いてあった。秀吉は神様に対して勝手なお願いをしてはいたが、身内の病気が治ってしまうと、忘れたように、約束を守ったことがなかったらしい」

「そういう人って、あっちこっちにいそうだよね」

二人は、奥社までの朱塗りのトンネルの千本鳥居をくぐり抜けた。

お稲荷さんに手を合わせたあと、線路沿いを歩いて東福寺に着いた。

京都五山のひとつであり、京都最大級といわれているが、入口は意外なほど地味である。これはほかの名刹（めいさつ）にもいえることで、練塀（ねりべい）伝いにいくと仁王門（におうもん）があって、中世から伝わる巨大な禅宗建築があらわれる。紅葉の時季は臥雲橋（がうんきょう）や通天橋（つうてんきょう）や偃月橋（えんげつきょう）は紅（あか）い葉の谷を眺める人たちで大混雑だといわれている。

鎌倉時代。ときの摂政・九条道家（くじょうみちいえ）が、京都で一番大きな寺を建てたいと希（のぞ）んだことから、一二三六年に着工し、じつに十九年をかけ、都最大の伽藍を完成させた。寺名は、奈良の二大寺院である東大寺と興福寺からとったという。

本堂と開山堂を結ぶ通天橋の中央部に立ってみた。木造の屋根付きのこの橋が東福寺の名所のひとつだ。橋は洗玉澗という渓谷を渡っている。その谷を何千本もの楓が埋めつくしていて、秋には紅い葉を広げて競い合うのだ。

「一度、紅葉の時季にきてみたい」

小仏がいったが、イソは無感興な顔をして、葉の色に濃淡のある谷を見下ろしていた。

「方丈庭園を見よう」

「なに、それ」

「『八相の庭』と名付けられた近代庭園らしい」

そこは石と砂の芸術だった。北庭へまわった。苔と敷石を市松模様に描いた枯山水の傑作だ。十人ぐらいの観光客が不思議なものを見ているように動かなかった。

小仏とイソは、京都観光にきたのではなかった。二人は巨大な寺を出ると、福山という食器類販売会社をさがした。歩いている人にきいてその会社はすぐに分かった。京阪電鉄本線の西側を並行して走っている師団街道沿いにあった。五階建てのビルで、一階が各食器類の展示コーナーになっていた。食器の問屋らしい。

女性社員の一人に、以前この会社に勤めていた徳久満輝についてききたいことがあるというと、彼女は徳久を知らないらしく、二階の総務係にきいてもらいたいといった。徳久が高校を卒業したのは二十四年前である。

四角張った顔の総務係の男に会った。

「徳久……。ああ思い出しました。たしか雪深い新潟県の海辺に近い町の出身者でしたね」

といって、パソコンを見てから書庫を開けた。古い記録簿がしまわれているらしい。

「徳久満輝は当社に五年半勤めていました。私は食器の配送を一緒にやっていたことがありますので、彼を憶えています。探偵社の方が彼のことを調べている。なにがあったのですか」

総務係は京都の言葉できいた。

北アルプスの山小屋の管理人を務めていたが、五月十二日の夕方、山小屋からいなくなった。それで行方をさがしているが、どこへ消えたのか皆目見当がつかない。そこで前歴を洗ってみることにした。前歴のどこかに、山小屋から姿を消さねばならない事情が隠されているかもしれないと推測したのだ、と小仏は話した。

「山小屋の管理人をしていた。それは意外でしたが、その山小屋を放り出して行方不明に。……いったいなにがあったのでしょうね」

総務係は顔を曇らせた。

「こちらの会社に勤めていたときは、どこに住んでいたのでしょうか」

「このビルの五階が寮になっています。そこへ入っていて、真面目に勤めていました。高校を卒業するとき、当社への就職を希望したのは、好きな女性が五条に勤めていたからだと思います」

五条は陶器町だ。かつての五条通りは清水焼の生産地だった。

「徳久からきいたことを思い出しました。高校を卒業して就職先を決めるとき、彼は京都で働きたいと進路担当の先生に話したそうです。先生は京都で従業員を募集しているところをさがしてくれた。そこがこの福山でした。……彼の好きな女性は高校で一年先輩だったそうです。その人は五条の窯元でもある食器店に就職してから、徳久に何度か手紙をくれていたということでした。……当社に就職した彼は、休みの日、彼女に会いにいっていたようです。ときどき私に、嵐山へいってきたとか、天龍寺を見学してきたと話すことがありました。右京区の化野念仏寺には何度かいったと話していたこともありました。石ころのような石仏がたくさんあるお寺です」

「こちらを辞めた理由はなんでしたか」

「はっきりと理由をいわなかったような気がします。私の想像では、五条の窯元に勤めていた女性が、店を辞めて、京都をはなれたんじゃないでしょうか。それで徳久は、彼女を追いかけていったということでは……」

　総務係は首をかしげながら話した。

「退職したあとの徳久さんからの音信は、どうでしたか」

「まったくありませんでした。手紙をくれれば、返事を出すつもりでしたけど……」

「どこへいったかの見当はつきませんか」

「分かりません。五条の店で、徳久と付き合っていたらしい彼女のことをおききになったらどうでしょうか」

　小仏はうなずいた。

　徳久と付き合っていたと思われる女性が勤めていたのは芳春窯(ほうしゅんがま)という大規模店だったという。その店は本覚寺(ほんかくじ)の横だと教えられた。

　総務係はなにかを考えるように瞳を動かしていたが、

「徳久は、めったに実家へは帰れないからか、京都で買った物を実家へ送っていたことを思い出しました」

といった。どんな物を送っていたのかをきくと、八つ橋や金平糖や漬物だという。

　芳春窯は大きい店だった。ギャラリーがあって、歴代の清水焼の皿や器が陳列されていた。観光客らしい女性の二人組が、青く光った大皿に目を近づけていた。

ギャラリーの奥に立っていた従業員の女性に近寄って名刺を渡した。探偵事務所の者と知ったからか彼女は目を緊張させた。

「二十年ぐらい前ですが、こちらに、新潟県の糸魚川近くの出身の女性が勤めていたと思います。その人のことを憶えていらっしゃる方にお会いしたい」

小仏がいうと、三十代と思われる彼女は、「二十年ぐらい前……」とつぶやいて、小仏の顔を見直してからドアの奥へ消えた。

彼女は事務室で、小仏のいったことを社員に伝えたらしく、十分ほどしてドアを出てきた。

「専務がお会いしますので、どうぞこちらへ」

彼女は応接室へ案内した。

すぐに出てきた専務は髪が薄くて六十代ぐらいに見えた。彼は白い表紙のファイルを持っていた。

「あなたのお尋ねの女性は、川名沙矢子（かわなさやこ）だと思います。新潟県の青海町出身者はその人しかいませんので」

小仏は、専務がいった氏名をノートに控えた。

「川名沙矢子は、糸魚川の高校を卒業して当社に入りました。当社と縁があったのではなくて、本人が京都で働くのを希望していたということでした。修学旅行で京都へきて、住んでみたいと思ったのではないでしょうか。……約六年のあいだ営業部に所属して、取引先との営業実績の記録を取っていましたが、二十四歳のときに退職しました。退職理由についての記録はありません。たぶん結婚の準備だったのではと思います。……転出先は、出身地の青海町になっていますから、実家へもどったのではないでしょうか」

「どんな人だったか、憶えていらっしゃいますか」

「はい。記憶に残っている社員でした。ここの近くにある会社の寮に入っていましたが、からだが丈夫だったようで、欠勤はほとんどありませんでした。毎年、年末と正月、それから八月の夏休みには帰省していたようでした。わりに背が高くて、ととのった顔立ちだったからか、彼女を好きになった社員はいたようでしたけど、特別な間柄になった者はいませんでした。……彼女は、京都にいるのだからといって、休日にはあちこちのお寺さんをお参りにいっていたことを、わたしは知っていました」

「川名さんが好きだったお寺を、ご存じですか」

小仏はペンをにぎり直した。

「彼女から話をきいていたので、いくつかを憶えています」

彼は顎(あご)に手をあてて天井を見るような目をした。

「京都五山のひとつの建仁寺(けんにんじ)。白砂が広く敷かれた枯山水の庭園と竹垣が好きだといっていました。それから、釈迦如来と阿弥陀如来を本尊としている二尊院が好きだといっていました」

「二尊院は、嵯峨でしたね」

「そうです。紅葉の馬場と呼ばれている広い参道のあるお寺さんです」

「お寺参りや見学を独りでしていたのでしょうか」

「さあどうだったでしょうか。入社当初は社員と一緒にいっていたようでしたが、京都の交通事情に馴れると、同僚を誘ったり誘われたりはしなくなったようでした。そうそう、彼女は変わっていました。何人かと一緒に食事をするのが好きでなかったようで、『ご飯は独りで食べたい』といっていたのをきいたことがありました。お昼は会社の賄いですが、いつも食堂の隅で壁を向いて、独りで……」

「特別親しくしていた同僚の方はいなかったということでしたが、仕事の面では」

「仕事の面では協調性がなかったわけではありません。同僚とはよく話し合いをしていました」

「郷里の高校で一年後輩の男性と付き合っていたのを、ご存じでしたか」

「知りません。その人は京都にいたのですか」

「徳久満輝という名ですが、高校を卒業するとき、京都の企業への就職を希望して、東福寺近くの、福山という食器類販売会社へ入社しました」

「福山さんは、当社の取引先です」

「徳久さんは、川名さんが京都にいたので、京都での就職を希望したんです。京都へきた徳久さんは、たびたび川名さんと会っていたことが考えられます」

「そういう人がいたのか」

専務は川名沙矢子を思い出してか、ファイルを開くとあらためて書類に目を落としてから、彼女の身辺を調べているのか、と小仏にきいた。

「私が調べているのは、川名さんとお付き合いしていた徳久満輝さんです。京都で働いていた先輩女性を追いかけるようにして、京都の企業に就職したことを知ったので……」

徳久の経歴を詳しく調べているのだと話した。徳久は、川名沙矢子が芳春窯を辞めると、勤めていた福山を退職した。が、郷里の青海町へはもどらなかったようだ。

2

もう一度、糸魚川へもどることを考えたが、安間に公簿を調べることを頼んだ。徳久満輝は、京都をはなれた一か月後、東京都品川区南大井（みなみおおい）へ住所の転入届をしていた。もしや川名沙矢子と同居ではと想像したが、同所には彼女の住民登録はなかった。沙矢子の京都からの転出先は青海町の実家だった。芳春窯の専務の推察どおり、彼女は結婚準備のために郷里へもどったことが考えられた。

小仏とイソは、徳久満輝の経歴を追うため京都から東京へ移った。

新幹線を降りて電車に乗り換えるとイソが、

「なんだか、久しぶりに東京へもどったような気がする。おれはやっぱり東京が好きなんだ。それと東京の乗り物に乗ってると、安心できる」

と、吊り革につかまった。

二人は電車内で地理を調べて、京浜急行線の大森海岸駅で下車した。電車を降りるとイソは東を向いて両腕を伸ばした。

「ここには、しながわ水族館があって、その先は大井競馬場だよ」

「この辺の地理に詳しいのか」

小仏がイソに並んだ。

「ずっと前に二年間ばかりここの近くに住んでいたことがあった。古いアパートだったけど、住んでた人たちは親切だった」

「親切って、どんなふうに……」

「おれの隣の部屋には、小粋で元気なおねえさんが住んでて、その人は大森の小料理屋に勤めていた。店の料理のあまり物をもらってきて、それを三度の食事にしていた。

おねえさんは、毎日じゃないけど、おれに漬物や煮物を分けてくれた。そのおかげで、おれの食費は半分ぐらいでやっていけた」

「そのおねえさんとは、いい仲にならなかったのか」

「ならなかった。おれは彼女が好きだったけど、それをいい出せなかったんだ」

「そのころおまえは、どんな仕事をしていたんだ」

「渋谷のビルの清掃会社。高いビルの窓拭きをやらされたけど、冬は寒くて、風の強い日は吹き飛ばされるんじゃないかって、震えていた」

「おれと知り合わなかったら、いまもおまえは、蟬の抜け殻みたいになって、ビルの壁に貼り付いているかもな」

「ちぇっ」

イソはまた東を向いて両腕を広げた。

徳久が住んでいた二輪荘というアパートは古い二階建てで、東の先端に鉄の階段がついていた。彼は二階の西端の部屋に住んでいたことが分かった。アパートの家主は、板金を加工する近くの工場の経営者だった。その工場は鉄板を叩く音を道路へひびかせていた。

工場の奥から社長と呼ばれた六十歳ぐらいの顔の大きい男が出てきた。作業衣の胸は汚れていた。

「二十年ぐらい前に、徳久満輝という二十三、四歳の男がアパートに住んでいましたが、憶えていらっしゃいますか」

「徳久……」

社長は腕を組んで首をかしげていたが、

「新潟生まれの人では……」

といった。

「そうです。いまは糸魚川市になっていますが、以前は青海町で、生家は親不知駅へ一キロぐらいのところです」

「そうそう。わりに背が高くて、精悍（せいかん）な顔立ちの男でした。私は柏崎（かしわざき）の生まれだったので、おたがいに生まれた土地を思い出して、話をしたことがありました。……うちのアパートにはたしか三年ぐらい住んでいましたが、勤め先を変えたのか、引っ越しました」

といったが、顎に手をあてて考え顔をした。

「思い出した」

社長は目を醒（さ）ましたような顔をして、片方の手を胸にあてた。

「ある日、徳久さんは、赤ん坊を抱いて、アパートの部屋の前に立っていました」

「赤ん坊を……」

「ええ。男の子だったと思います。なにか困ったようなようすでしたので、どうしたのかと私がきくと、赤ん坊を医者へ連れていきたいが、近くに医院があるかときかれたような気がします。私は家内を呼びました。赤ん坊が熱を出したんです。家内は徳久さんと一緒に近くの内科医院へいったんでした」

それは平日の午前中だったと思うというと社長は、工場の隣の自宅へ声を掛けた。すぐに社長の妻が出てきた。

社長は、徳久が抱いていた赤ん坊のことを妻に話した。

「そんなことがありましたね。もう二十年も前のことです。若い徳久さんは赤ちゃんを抱いて困っていたんです。赤ちゃんは熱を出して、泣き疲れたように小さい声で泣いていました。……わたしが赤ちゃんを抱いて、近くの松尾（まつお）医院へ連れていきました。徳久さんに赤ちゃんは自分の子なのかとききましたら、知り合いの女性から一晩だけの約束であずかったといっていました。ところが、赤ちゃんをあずけた女性は二晩経っても、引き取りにこなかったんです。……赤ちゃんは病気というほどではなかったので、連れ帰りました」

「赤ん坊は生後どのぐらいでしたか」

小仏がきいた。

「七、八か月ではなかったでしょうか。松尾先生もそのぐらいだといっていました。

赤ちゃんを徳久さんの部屋へ連れ帰ると、小さな猫がいました。生まれて半年経ったかという仔猫です。徳久さんの話だと、赤ちゃんを仔猫と一緒にあずかったということでした。……わたしは赤ちゃんだけあずかりましょうかといいました。ですが徳久さんは、赤ちゃんのお母さんが迎えにくるからといって、寝かしつけていました。たしか平日でしたので、会社を休んでいたのだと思います」

「赤ん坊は、徳久さんの子だったのでは……」

小仏がいった。

「わたしも一瞬そう思って、徳久さんと赤ちゃんの顔を見直しました」

「似ていましたか」

「似ていなかったような気がします」

社長の妻は、それから二日ばかりして徳久のようすを見にいった。

「わたしの気のせいか徳久さんは、蒼い顔をしていました。赤ちゃんのお母さんは引き取りにきたのかとききましたら、たしか、ゆうべ引き取りにきたといっていました。仔猫もいませんでしたので、赤ちゃんのお母さんが一緒に連れていったのだと思います」

そういうことがあって約一年後に徳久満輝は引っ越していった。社長は、どこへ移ったのか知らないといったが、アパートへ入居したさいの記録を見てもらった。その記録によると、徳久は品川区八潮の大東物流センター勤務となっていた。

「徳久が何日間かあずかった赤ん坊は、だれの子だったのか」

「生後七、八か月の赤ん坊を独身の男にあずけた。あずけた人と徳久は、親しい間柄だったただろうね」

イソがいった。

「そうにちがいない。いま思い付いたが、徳久は京都で親しくしていた川名沙矢子の後を追うようにして福山を辞めた。公簿によると沙矢子は郷里へもどったことになっているが、東京へいったのかもしれない。それを知って徳久は東京へ移った。東京でも二人は親しくしていたことが考えられる。そうだとすると、赤ん坊は徳久の子で、産んだのは沙矢子か……」

「東京でも二人が付き合っていたのだとしたら、赤ん坊は徳久の子の可能性は大だね」

「ところが二人は一緒に住んでいなかった。どうしてだろう……」

「子を産んだのに、一緒に住めない。なにか深い事情があったにちがいないね」

小仏は道路の端に寄るとポケットのスマホを取り出した。糸魚川青海の徳久家へ電話を掛けた。

満輝の母が応じた。声が嗄れている。

小仏が、先日お邪魔した者だというと、

「ご遠方からご苦労さまでした」

と小さい声でいった。

満輝は京都で、川名沙矢子と親しくしていたようだが、それを知っていたかと小仏はきいた。

母は思い出そうとしたのか、それとも返事を迷ったのか、一拍置いてから、「知りません」と答えた。小仏は、それは不自然な答えだと受け取った。

「お母さんは、川名沙矢子さんをご存じですね」

「知っています」

満輝は高校卒業にあたっての針路を就職と決め、しかも京都で働きたいと教師に話した。母親なら、息子がなぜ京都の企業への就職を希望したのかぐらいは知っていたはずである。

「川名沙矢子さんは、京都の会社を辞めて、郷里へもどったことになっていますが、現在も青海に住んでいますか」

「東京へいっているときいた憶えがあります」

「京都にいた沙矢子さんが東京へ移った。それで満輝さんも東京へ移ったのではありませんか」

「さあ、それは知りません」

「京都では、満輝さんは沙矢子さんと親しくしていたようです。それはご存じでしょうね」

「一度や二度は会ったことがあったでしょうけど、親しくしていたかどうかは、知りません」

　これもまた不自然な言葉だ。高校を卒業した満輝は、沙矢子が働いている京都へいった。彼女とたびたび会うことのできるところにいたかったのにちがいない。彼は両親に、京都ではたびたび沙矢子に会っていることを伝えていたような気がする。そのほうが自然だからだ。それなのに、母は、一度や二度は会ったことが、などといった。どうやら母は、息子の満輝が沙矢子と親しかったことを知られたくないのではないのか。

　沙矢子は京都から住民票を郷里に移していたが、本人は東京に住んでいるらしい。住民票を現在住んでいるところへ移さないことには理由でもあるのか。それとも彼女はいい加減な性格なのか。

3

東京湾に近い大東物流センターへはそよ風が潮の匂(にお)いを送っていた。そこは大規模な倉庫でトラックが何台も出入していた。倉庫の大きさのわりに事務室はせまかった。女性が五、六人、男性が二人、パソコンの画面と向かい合っていた。

二十年近く前、徳久満輝という男が勤めていたはずだがと、胸に「柏木(かしわぎ)」という名札を付けた男性社員に尋ねた。

「名前も顔も記憶しています」

柏木はそういうと、ロッカーからファイルを取り出した。人事記録が綴(と)じてあるようだ。

「私と一緒に仕分け作業をしていた社員でした。……思い出した。将棋の強い男でした」

柏木はそういって笑った。

「対戦なさったことがあったんですね」

小仏も頬(ほお)をゆるめた。

「お昼を並んで食べたあと、休憩室で指しました」

　彼は、ものを考えたり記憶をたどるときの癖なのか顔を上へ向けた。

「私は社員の何人かと指しましたけど、一度も勝つことができなかったのは徳久でした」

「ほう、強いんですね」

「徳久は京都にいたことがあって、勤めていた会社の社員に仕込まれたといっていました」

「京都では食器の販売会社に勤めていたんです。そこを辞めて東京へ移ったのですが、なぜ京都から東京へきたのかを、おききになったことがありますか」

「きいたことがあったでしょうが、忘れました。京都では、休みのたびに有名なお寺を訪ねていたときいていました。私も京都には好きなお寺があって、何度かお参りをしました」

　それはどこかを小仏はきいてみた。

「平安時代に空海（くうかい）が賜ったという東寺（とうじ）です。正式には教王護国寺（きょうおうごこくじ）。五重塔が立派ですし、南大門から金堂、講堂、食堂と一直線に並ぶ配置を見るのが好きなんです」

「なかなかお詳しいですね」

「いいえ。好きなだけです」

　徳久が住んでいたところの近くでこういうことをきいたと小仏はいって、何日間か赤ん坊と仔猫を他人からあずかったことがあったのを話した。

「赤ん坊を、あずかった……。どういう人の子どもですか」

「それが分かりません。生後七、八か月の赤ん坊をあずかるのですから、よほど親しい人の子だろうと思います。赤ん坊をあずかっていたのは数日のようですが、徳久さんは会社を休んでいたんです。憶えていませんか」

「そんなことがあったなんて、知りません。いったいだれからあずかったのか……」

「徳久さんには、好きな女性がいたんですが、そういうことをおききになったことは……」

「さあ。きいたかもしれませんが、忘れました。……憶えているのは彼がこの会社を辞めてからのことです。新潟県か長野県のスキー場に勤めているといって、年賀状をくれましたけど、住所が書いてありませんでした。ですから私は返事を出すことができませんでした。年賀状をもらったのは一度だけで、音信が途絶えました。いまはどこでなにをしているのか……。彼のことを忘れていました」

「新潟県か長野県のスキー場を辞めてから、東京へきて、足立区のスプリングをつくっている会社に勤めていましたが、そこを辞めた後は、北アルプスの山小屋の管理人を務めていました」

「山小屋の管理人とは、意外ですね」

柏木は目を丸くした。山小屋とはどこかときいたので、徳沢と蝶ヶ岳間の長塀山荘だと答えた。

「十年ぐらい前に、松本市に住んでいる友だちに案内されて、安曇野から蝶ヶ岳へ登りました。高い山に登ったのは初めてでした。蝶の山頂から穂高を眺めたんですが、紅葉の景色はまるで絵を見ているようでした」

なつかしさが蘇ったのか、柏木は目を細めた。

「徳久さんは、山小屋の管理人を何年もやっているんですか」

「いいえ、去年の開山の時期からでした」

「スキー場に勤めていたこともあったから、山が好きなんでしょうね。勤めていた山小屋でなにかあったんですか」

柏木は目を光らせた。

「五月十二日の夕方からいなくなったんです」

「管理人をやっていた彼が、いなくなった。それは、どういうことですか」

柏木は身を乗り出すようにしてきいた。

小仏は、安間や山岳救助隊の伏見からきいたことを話した。

「山小屋へ泊まると電話をした人間が、怪しいのではありませんか」

「そうです。徳久さんは、山小屋へ泊まるといって電話した人間に誘い出されたのだと思います」

「徳久さんは、生命を狙われていたのでしょうか」

「そうでしょうね。山小屋へもどってこないのですから」

「山中で……」

柏木はそういっただけで口をつぐんだ、最悪の状態を想像したのにちがいない。

小仏は、柏木の顔をじっと見て、徳久には京都で親しくしていた女性がいたが、その人を知っているかときいた。

「付き合っている女性はいたでしょうが、徳久さんから女性のことをきいた憶えはありません。あ、小仏さんは、赤ん坊の母親は、徳久さんと付き合っていた人だと思ったんですね」

「その可能性はあります」

柏木は、「そうですね」といって、腕を組み直した。

小仏は思い付いたことがあったので、柏木に礼をいって巨大な倉庫をあとにした。

安間に電話した。糸魚川市青海の川名沙矢子の住民登録をあらためて確認してもらうことにした。彼女の住民登録は糸魚川市青海から京都市下京区へ転じ、勤めていた芳春窯を退職すると、糸魚川市青海へもどった。

彼女は京都から東京へ移ったらしいが、住所は不明だ。

「分かった」

小仏が車にもどるとイソがガムを嚙みながらいった。

「なにが分かったんだ」

「長塀山荘を抜け出した徳久は、川名沙矢子に助けを求めた。ひょっとすると徳久は、沙矢子が住んでるところへ転がり込んだ、と所長はにらんだ」

「そのとおりだ。……沙矢子の居どころをつかむことにしよう」

安間から回答があった。川名沙矢子の住民登録は糸魚川市青海から動いていなかった。

「この前はあせっていたので、高校で満輝の勤務先を知るとすぐに京都へ飛んでしまった。彼は高校時代から川名沙矢子と親しかった。郷里で、詳しく聞き込みすれば彼女のことも分かったかも」

小仏が後悔を口にすると、イソは、「そのとおりだ」というふうに首を動かし、もう一度青海へいこうといった。遠方への旅に飽きているイソにしては珍しいことだった。

この前と同じように、糸魚川まで新幹線でいき、レンタカーを調達した。前回は好天だったがきょうは小雨。肌にあたる雨粒が冷たかった。親不知に着いて鉛のような日本海を見渡したが、沖はかすんでいて、なにも浮かんでいなかった。岩に砕ける波の音と、子を呼ぶような海鳥の声だけがきこえた。

川名家は、徳久満輝の実家から三、四百メートルはなれたところに、民家が七、八軒寄りかたまっている一画だった。二階建てで、七、八軒のなかでは最も大きな家に見えた。庭の奥には物置らしい小屋があって、そこの前の庇(ひさし)の下には白い犬が放し飼いになっていた。小仏が傘をすぼめて玄関へ声を掛けると、犬は家人を呼ぶように吠えた。

玄関の戸が開いた。七十歳見当の女性が訝(いぶか)し気に小仏をにらんだ。川名沙矢子の母親かときくと、「そうです」と、低い声で応えた。

小仏は彼女に名刺を渡した。彼女は眉間(みけん)に皺(しわ)を寄せて名刺をじっと見てから、「なんの用事か」というふうに顔を向けた。

「沙矢子さんにお会いしたいのですが、こちらにいらっしゃいますか」

「探偵事務所の方が、娘に……。どういうご用ですか」

「沙矢子さんは現在どちらに」

「娘はここにはおりませんが、どういうご用なのでしょう」

母親は険しい目つきになった。

「沙矢子さんと親しかったと思われる男性のことについて、うかがいたいことがあるんです」

「沙矢子と親しかった人とは、だれのことですか」

雨が強くなったので、小仏は傘を広げた。が、彼女は小仏を玄関のなかへは入れなかった。

「徳久満輝さんです」

「徳久……。ああ、沙矢子が高校生のころに、見たことがありました」

会ったといわず、見たことがといった。いくぶん見下げているような感じがした。

「徳久の息子がどうしたんですか」

「現在、どこに住んでいるのかを知りたいんです」

「そんなことをどうしてうちへききにきたんですか。徳久の家できけばいいじゃないですか」

「ききましたが、分からないといわれました」

「実家で分からないことを、どうしてうちできくんです」

「沙矢子さんと親しかったことが分かったからです。……沙矢子さんは現在、東京に住んでいるようです。その住所を教えていただけませんか」

小仏は半歩彼女のほうへ近寄った。

「知らないんです。娘の居どころを知らないなんて、恥ずかしいことですが、娘が教えないので、分からないんです。……沙矢子は徳久の息子の居どころを知っていそうなんですか」

母親の眉間の皺は深くなった。

「沙矢子さんが京都にいるあいだ、徳久さんとはたびたび会っていたようでしたので、東京でもお付き合いしているのではと思ったんです」

母親は小仏の名刺を見直すようにしてから、徳久の息子の住所をなぜさがしているのかときいた。

「徳久満輝さんは、五月十二日夕方、管理人を務めていた山小屋からいなくなりました」

「山小屋の管理人をしていたんですか」

彼女は徳久の職業と行動に興味を覚えたらしく、雨が激しくなったのでなかへ入ってくださいといった。

玄関のたたきは広く靴箱は大型だった。その上には赤とピンクのバラが活けてあった。上がり口も廊下も光っている。田舎の家にしてはしゃれていると思った。

公簿によるとこの家には、沙矢子の両親と弟がいる。弟は妻帯していて四人家族のようだ。屋内が静かなのは、沙矢子の父と弟夫婦は仕事に出ているからではないか。

小仏は、徳久が長塀山荘からいなくなったときのもようを、掻い摘んで話した。

母親は小仏の顔を見ながら彼の話を熱心にきいていた。

「山小屋からいなくなった徳久は、もしかしたら沙矢子のところへいったのではないかって、想像なさったんですね」

母親の声はやさしくなった。

「そういうことは、考えられませんか」

小仏がきいた。

「徳久は、山小屋から逃げ出したんでしょうね。なにか悪いことをしたので、山小屋の管理人になってひっそりと……。山小屋へ泊まりにいくといった人は、徳久を追いかけていた人ではないでしょうか」

彼女はそういってから、目を白黒させた。高齢の域に達してはいるが、好奇心が強そうだ。

「悪いことをして、隠れているような人を、沙矢子はかくまったりはしません。訪ねてきたとしたら、追い返したでしょう」

彼女は徳久満輝を、犯罪者だと決めてしまったようないいかたをした。

小仏は質問の角度を変え、沙矢子は子どもを持っているかときいた。彼のこの質問は意表を突いたらしく、彼女は一歩退いた。そして子を産んだとはきいていない、と下を向いて答えた。小仏は彼女のその表情を脳裏に焼き付けた。

4

小仏は、糸魚川警察署の前で車を降りた。公簿を見るため、便宜をはかってもらいたかった。

川名沙矢子には姉が一人いる。その人は糸魚川市内で所帯を持っていることが分かった。大里美代子（おおさとみよこ）といって、糸魚川市の中心街で「舟越（ふなこし）」という料理屋の女将（おかみ）を務めている。住所も、四十六歳だということも知った。舟越の主人が夫で、娘と息子がいる。

「舟越という店へは、何度もいったことがあります。わりに広い店で、掘ごたつ式の座敷もあって、結構繁昌（はんじょう）しているようです」

五十歳ぐらいの刑事課長がいった。

小仏は、大里美代子に会いにいった。舟越へ入って、若い女性店員に、女将に会いたいと告げると、

「女将さんは用足しに出掛けていますが、もうもどってくると思います」

女性店員は、「ビールでも差し上げましょうか」といったが、

「いや、仕事ですから」

と小仏はいって、出入口近くの椅子に腰掛けた。午後五時をまわったところで、まだ客は入っていなかった。調理場からは湯気が上がっていて、物を刻むような音がしていた。

二人連れの客が入ってきた。「いらっしゃい」威勢のいい声が調理場のほうからきこえた。

女将がもどってきた。小太りで背が高い。地味な柄の和服を着ていた。大柄の小仏が勢いよく椅子を立ったので、女将は驚いたように一歩退いた。その彼女に小仏は名刺を差し出した。

「探偵事務所……」

女将の美代子はつぶやいた。糸魚川ではなじみの薄い職業だろう。

「妹さんの沙矢子さんにお会いしたいので、訪ねてきました」

「沙矢子に……。沙矢子にどんなご用なんですか」

美代子の目が光った。

「大事なことをうかがいたいのです」

「大事な……。どんなことですか」

「沙矢子さんは、結婚なさっていますか」

客が入ってきたので、美代子は小仏の上着の袖を引っ張って店の裏口へ連れていった。

「結婚はしていません」

結婚はしていないが、一緒に暮らしている男性はいるということか。

「沙矢子さんには、子どもがいますか」

「いないはずですが……」

美代子は上目遣いになった。次に小仏が口にする質問に身構えているようだ。

「子どもを産んだことがあるでしょうか」

「ない……。ないと思います。あのう、なぜそんなことをおききになるんですか。きわめて個人的なことで、人によっては失礼にあたることではありませんか」

「そういうことを承知でうかがっています」

美代子は肩をぴくりと動かしてから、いったいなにを知りたいのかと、キツい目をしてきいた。

沙矢子さんと実家の住所が比較的近くて、高校で一年後輩だった徳久満輝を知っているか、と小仏がきいた。

名前はきいたことがあるが、会ったことはないと思うといった。

「沙矢子さんが京都にいた期間、徳久さんとは親しくしていたそうです。沙矢子さんが京都の芳春窯を辞めると、徳久さんも勤め先を辞めて、東京へ移りました。……沙矢子さんも東京で働いていたのではありませんか」

「どこなのかは知りませんけど、東京で働いていました。いまも同じだと思います。……あのう、あなたは、沙矢子が働いているところを知りたいのですか。それとも徳久さんの住所や勤め先をさがしているんですか」

小仏は、彼女には事実を正確に伝えたほうがよさそうだと感じたので、

「じつは、徳久さんは、山小屋の管理人を務めていたんです」

といって、美代子の反応を確かめた。

「山小屋の管理人……」

「北アルプスの長塀山荘という山小屋です。そこには去年の四月から勤めていましたが、先日の五月十二日の夕方からいなくなりました」

「いなくなったとは……。なぜなんでしょう」

「分かりません。……徳久さんは勤め先を転々としています。一か所に長く勤めていられない事情でもあるんじゃないかとも思われますが」

「長く勤めていられない事情。……なんでしょう」

「だれかに追われているとか……」

「なにかよくないことをした。それで追われているということですか」

彼女は小仏の目の奥をのぞくような表情をした。

小仏は、なにか気付いたことがあったら連絡してもらいたいといって、彼女に頭を下げた。

彼女は着物の袖をつかんだまま動かなかった。


小仏は糸魚川警察署へもどった。入口の階段を踏んで壁の右手に貼られている札を読んだ。戒名は［親不知子不知殺人事件捜査本部］。さっきはこの札に気付かなかった。


ふたたび刑事課長に会うと、料理屋の舟越へいって女将に会ってきたことを話した。

「用が足りましたか」

「いいえ。妹の住所をききましたが、知らないといわれました」

「じつは知っているが、口外しないことにしているのでは」

「そのようです」

小仏は、署の玄関に貼ってある捜査本部の殺人事件とはどんな事件なのかをきいた。

「十九年前の十月、親不知のトンネル内で、三十六歳の今宮靖光（いまみややすみつ）という男がバット状の凶器で殴り殺された事件です。今宮は東京の品川区のアパートに住んでいて、区内の塗装店に勤めていました。親不知子不知という地名に興味でも覚えて、観光旅行に訪れたようでしたが、捜査の結果、いろんなことが分かりました。質のよくない男ではありましたが、殺害された原因はよく分からないし、加害者も不明のままです」

小仏は刑事課長のいうことをメモした。被害者の今宮靖也は品川区南大井の二輪荘というアパートに住んでいたからだ。そのアパートには徳久満輝も住んでいた。

小仏が刑事課長に、今宮靖也のことを詳しく知りたいというと、パソコンの前の椅子をすすめ、十九年前の殺人事件の捜査内容を呼び出した。

「今宮靖也は独身。南大井の二輪荘の二階、二〇三号室に三年前から居住していた。ある日の夜、隣の二〇四号室で赤ん坊が泣いている声をきいた。二〇四号室に住んでいるのは二十三、四歳の独身の男。その男の部屋へ赤ん坊を連れた女性が訪れているのだろうと勘繰った今宮は、壁に耳を押しつけた。ときどき赤ん坊の声に仔猫の声がまじっていた。しかし女性の声はきこえなかった。赤ん坊の泣き声は四、五日のあいだきこえていた。なぜ何日も赤ん坊がいるのかと不審に思っていたが、泣き声はきこえなくなったので、二〇四号室の男は赤ん坊を母親に返したのだろうと解釈した、と塗装店の同僚に話したということだった。

次の日の夕方、今宮は二〇四号室の男にばったり会ったので、何日間か赤ん坊の泣き声をきいたが、と語りかけた。すると男は、『ご迷惑をお掛けしました。ご免なさい。子どもの母親が病気だったので、そのあいだ子どもをあずかっていました』といって頭を下げた」

今宮がトンネル内で殴り殺されたのは、十九年前の十月の日曜日。事件発生から三週間が経った日、捜査員が青海町で意外なことを聞き込んできた。東京から今宮と名乗る男が徳久家を訪ねてきて、『東京にいるお宅の息子が重大事件に関係した。そのことを知っているのは私だけだ。一切口外しないので、百万円ばかり都合してくれないか』といって、両親をびっくりさせた。両親は、『そんな金はないし、だいいち息子が事件など起こすはずはない』といって追い返した。今宮靖光の遺体が見つかったのは、彼が徳久家を訪問した日の夜だった。

今宮が徳久家を訪ねていたことが分かったのは、見馴れない男が近所の人に徳久家の場所を尋ねていたからだった。

捜査員は、「今宮という男はどんな用事で訪ねてきたのか」を徳久家できいた。すると満輝の父親の兼重が、「満輝の住所をきかれたんです」と答えた。だが捜査員は、「大事な用向きで訪ねたにちがいない」と父親を追及した。その結果、今宮は強請（ゆすり）にきたのだということが判明した。

今宮は、血を吐いて死んでいた。腹と背中を強打されたからだ。殺しかたには憎しみがこもっているようにみえた。

当然のことだが兼重が疑われた。が、今宮が死亡した日の夜、彼は農協での会合に出席していた。

捜査員は東京へ飛んで、勤務先で満輝に会った。今宮靖光を知っていたはずだがというと、どこの人かとき返した。二輪荘の隣室に住んでいる人ではないかというと、姓も名も知らなかったと答えた。今宮が殺された日、どこにいたかをきくと、日曜なので昼近くまで寝ていて、午後は海へ釣りにいったと答えた。釣り場ではだれかに会ったかときくと、五、六人を見たが知り合いではないと答えた。玄関には使い古した釣り道具が置いてあった。

捜査員はアパートの家主に会って、満輝の印象をきいた。おとなしくて真面目そうな人で、道で会えば黙って頭を下げる。家賃が遅れたこともないと、評判がよかった。

捜査員は、満輝の部屋から何日間か赤ん坊の泣き声がしていたが、ときいたが家主はそれを知っていたし、発熱した赤ん坊を妻が近所の医院へ連れていったこともあった、といった。

捜査は続行されたが、犯人の目星はつかず、今宮がなぜ殺されたのかも明白にならなかった。青海町出身の徳久と東京のアパートで隣り合わせに住んでいた今宮が、徳久の実家に近い親不知で惨劇に遭った。この偶然は奇跡としかいいようがなかったが、捜査上に奇跡はあらわれず、謎を包んだまま歳月が流れた。

その間に捜査員は何度も東京へ出向いた。親不知で事件が発生した日の満輝のアリバイに疑問を持ったからだった。日曜日だったので彼は昼近くまで寝ていて、食事を摂ると海へ釣りに出掛けたといった。それで捜査員は、どういう服装で出掛けたかを本人にきいた。満輝は、カーキ色のジャンパーにブルージーンズに白のスニーカー、紺色の野球帽だったと答えた。

釣りをしていた位置をきき、当日、その付近で釣りをしていたり、散策をしていた人をさがし、彼のいった服装の釣り人を見たかをきいて歩いた。「そういう服装の釣り人を見たような気がする」と答えた人がいた。その人に満輝の写真を見てもらったが、「顔を見たわけではないので分からない」といわれた。

二輪荘の満輝の部屋からは何日間か、赤ん坊の泣き声と仔猫の声がしていたのを、隣室に住んでいた今宮は、職場の同僚に話していた。

捜査員は今宮の同僚からそれをきいたので、赤ん坊の件を満輝に話した。すると彼は、「たしかに赤ちゃんをあずかりました」

と、明快に答えた。

だれの子かときくと、「それは答えられません。個人の秘密ですので」の一点張りだった。「赤ん坊をあずかっていたら、会社へ出勤できなかっただろう」というと、「会社へは、からだの具合が悪いと届けて、休んでいました」と答えた。

別の捜査員も東京へ出張して満輝に会い、どうしてあずかることになったのかをきき質(ただ)したが、その質問には一切答えなかった。あずけた人は何日後に引き取りにきたのかをきくと、五日目だといった。

「まちがいなく、母親に返したんだね」と捜査員は念を押した。満輝は強くうなずいたという。

第三章　夜の山荘

1

「おれは、川名沙矢子という女が怪しいと思ってるんだが……」

東京へもどる列車のなかでイソは首をかしげていった。

「どういうふうに怪しいんだ」

「住民登録を京都から実家の所在地へ移したが、じつは東京に住んでいるっていうことも考えられるよ」

「今宮靖光という男を殺ったのは沙矢子ではってにらんでいるのか」

「バットや棒で叩くことは、女でもやれる。最初に背中に一発くれる。被害者はそれだけで動けなくなる」

イソは、今宮を殺した犯人は沙矢子だと決めているようないいかたをした。

「今宮殺しの犯人が沙矢子だとしたら、その動機は……」

小仏は、通路側の席にいるイソにきいた。

「赤ん坊だと思う」

「徳久が何日かあずかっていた赤ん坊か」

「その赤ん坊は、沙矢子が産んだ子だった。父親はだれだか分かんない。……徳久はあずかっていた赤ん坊を母親に返したといったらしいが、それは事実かどうか怪しい」

「母親に返したというのは嘘だったというのか」

「そう。嘘だったような気がする」

列車は高崎にとまった、発車するとすぐ車窓に緑の田園が広がった。

「どうしたのだと思う……」

「捨てたんじゃないかな」

「病院か医院の玄関の前にでも置いて、逃げたとでも……」

「赤ん坊をあずけた女性は、育てることができないといって、徳久に相談したかも。徳久はこれ以上会社を休んで赤ん坊の面倒を見てはいられないとでもいった。それで二人は話し合って、赤ん坊を捨てることにした。二人が一緒に捨てにいったような気もする。二人は夜中に赤ん坊を抱いて、あ、仔猫がいたらしいから、一人は赤ん坊を抱き、一人は猫を抱いて外に出た。そのようすをアパートの隣室の今宮がうかがっていた。徳久と赤ん坊の母親の後を、今宮は尾けた……」

イソは見ていたようないいかたをした。きょうのイソの頭は冴えているらしい。

「どういう場所へ捨て子をしたと思う」

「昔は、捨て子というと橋の袂と決まっていたようだけど。……どこかな。病院か医院の玄関先へ、そっと……」

「それを見た今宮は、女性の後を尾けた」

小仏は天井を仰いだ。

「そう。住所を確かめたんだろうね」

「それで、強請を考えついたっていうわけか」

「そう。女は金がなさそうだったんで、今宮は徳久の公簿をだれかに頼んで調べた。すると親不知の近くの青海町に実家があって両親がいることが分かった。息子が東京で事件を起こしたが、ほかのだれにも知られていない。知っているのはおれだけだ。口外しないので金を出してくれとでもいった」

「その今宮が殺された。さっきおまえは、今宮殺しの犯人は女じゃないかっていったが」

「今宮は尾けられていたんだと思う。徳久と女が赤ん坊を捨てにいったのを、今宮に見られていたのが分かっていた。それで女は今宮の遠出を尾行した。彼がトンネルに入ったのを見て、襲った」

「筋が通っているようにみえるが、はたしてそのとおりかどうか……」

小仏が唸(うな)るようにいった。列車は上野を出て終点に近づいているというアナウンスがあった。


小仏とイソが事務所に着くと、それを待っていたように安間が電話をよこした。

「徳久満輝が勤めていた長塀山荘には、彼の持ち物が置いてある。二人の女性従業員には徳久の私物に手を触れるなといってある。小仏は山荘へいって、徳久の持ち物を検べてくれ。失踪(しっそう)事件に関係がありそうだという物が見つかったら、連絡してくれ」

安間は、車でいくのかときいた。車でいくつもりだと小仏が答えると安間は、松本署へ立ち寄るようにといった。

電話を終えるとイソが、

「一日休んでもいいんじゃないの」

といってあくびをした。

「嫌なのか。仕事が嫌なら、一週間でも十日でも休め。おまえの代わりは何人もいる」

「嫌じゃないよ。所長も疲れてるって思ったから、いっただけじゃない。一週間でも十日でも休めなんて。まるでおれをクビにするみたい」

「そうだ。おれたちは、人命がかかっている仕事をしているんだ。仕事が嫌なら……」

「分かった、分かった。その先はいわないで」

「おまえのそのいびつなツラを見てると、こっちは気が滅入る。……ドミニカンへいって、苦いコーヒーでも飲んでこい」

ドミニカンというのは二か月ほど前に目と鼻の先にオープンしたカフェだ。

「そうだ。あの店へは、ノゾミっていう可愛いねえちゃんが入った」

イソは、アサオの頭をひとつ叩いて事務所を出ていった。

イソが出ていって二十分ほどすると、事務所のドアにノックがあって、女性の声が、「お待たせいたしました。ドミニカンでございます」といった。

エミコがドアを開けた。水色のエプロンの細身の女性が盆に布巾をかぶせてコーヒーを運んできたのだった。

彼女は二人前のコーヒーをテーブルに置くと、伝票を出した。それは三人前。店で飲んでいるイソの分が入っているのだった。

「やっぱり、喫茶店のコーヒーはおいしい」

エミコは、コーヒーになにも落とさなかった。

それから一時間ほどしてイソがもどってきた。彼はスポーツ新聞を持っていた。ドミニカンのマスターに前日の新聞をもらってきたのだという。店でじっくり読んでいられない記事でもあったらしい。

イソはスポーツ紙を読み終えると、あすの準備のために早めに帰宅するといった。

「あしたは山歩きだから、深酒はするなよ」

小仏がいったが、イソは返事をせずに事務所を出ていった。

小仏は窓からイソが歩いていく方向を見下ろしていた。イソはかめ家のほうへ向かったが、事務所の車に乗ってもどってきた。ビルの脇からホースを延ばした。車を洗うつもりなのだ。

エミコも窓をのぞいた。なにもいわなかったが、目が細くなっていた。

2

けさの東京には強い風が吹いていたが、松本は穏やかな晴天だった。

安間に指示されたとおり、松本署の刑事課へ立ち寄って、これから長塀山荘へゆくことを告げると、

「沢渡から先は、一般車両が入れないので、これを車のフロントへ置いて入山してください」

といわれて「警察」と太字で書いてある札を渡された。

上高地へは約二時間で到着した。小仏とイソは、松本市内のコンビニで買ってきたにぎり飯を車のなかで食べた。大型ザックの十人ほどの男性パーティーが下ってきた。彼らの靴は泥で汚れていた。河童橋脇の売店の前には上高地交番の警官が立っていた。穂高連峰の中腹から上は残雪で真っ白だ。イソは橋の上から穂高と梓川を撮影した。

二人は徳沢まで一言も口を利かなかった。途中、槍や穂高から下ってきた何組かのパーティーに出会った。

徳沢に到着したのが午後二時。展望のきかない森林帯を三時間近く登ることになる。一時間ばかり登ったところで、長堺山荘に電話を入れた。

「五時には着けるように登る」

というと、電話に応じた三木裕子が、

「お待ちしています。お気をつけて」

と、声がはずんでいた。

「どこも見えない。暗闇をさまよっているのと同じだ」

イソは独り言をいいながら、小仏の前を登った。二回休んだ。休んで五分もすると背中の汗がひいて寒くなる。近くでがさっと、落葉を踏むような音を耳にしたので、周りの木々のあいだを入念にすかし見た。いた。三十メートルほど下方に黒い動物がいた。カモシカだった。カモシカのほうも二人の闖入者の動きを警戒しているにちがいない。

急に樹木の立ちかたがまばらになった。そのなかを細い登山路が右に左に曲がっていて、突きあたりが山小屋だった。小さなガラス窓には灯りが入っていた。

予定通り五時少し前に到着できた。

三木裕子と柴田はつ枝が、「ご苦労さまです」と声をそろえた。その二人の後ろに山小屋には不似合いなほど色白の痩せた男が立っていた。はつ枝が、

「兄です」

と紹介した。

「柴田英彦です」

そういった男の眉は毛虫を貼り付けたように濃かった。二十五歳だという。

山荘所有者の桐島に頼まれて、臨時勤めをしているのだといった。

食堂のストーブの前には宿泊客の二人の若い男がいた。この山荘のきょうの宿泊者は四人ということか。

二人の若い男はビールを飲んでいた。

「ビールも日本酒もありますけど」

裕子がいった。

「先に、徳久さんの持ち物を見たい」

裕子が、徳久の使っていた部屋のふすまを開けた。小さな座卓が壁に押しつけられていて、布団が重ねてあった。徳久の持ち物は大きめの茶革の鞄だった。すり傷のついている古い物だ。徳久はこの古びた鞄を、どこへ勤めるときも提げていったのではないか。

小仏がファスナーを裂いた。暗い鞄のなかには秘密がつまっているようにも見えた。文庫本が入っていた。推理小説が二冊、時代小説が二冊、国内の旅行記が一冊。文庫本の下には縦十七、八センチのオレンジ色の表紙で四十枚ほどの厚さのノートが沈んでいた。かなり古いものらしくて、角がすり切れて変色していた。

五、六ページにはなにも書いてなかったが、いきなり大きめの字で「東福寺」とあった。その右のページには「泉涌寺」と、寺名だけが書かれていた。文字を書くのが不得手だったのか好きでなかったのか、文字はゆがんでいる。

［高台寺　霊山観音の北。秀吉夫人の北政所の創建］

［方広寺　東山区　七条駅の北東にあって、豊臣家滅亡のきっかけになった寺］

［慈照寺＝銀閣寺　足利義政が造営。東山文化を伝えている］

京都には世間に広く知られている有名な寺院がいくつもある。徳久は京都の福山という会社に勤務しているあいだに著名な寺をいくつも訪ねたのだろう。そのなかで特に印象に残ったたか、再度訪ねてみたいと思ってか、いくつかの寺の名を書いていた。五条の芳春窯に勤めていた川名沙矢子と一緒に訪ねた寺もあったろう。

小仏は、ノートにあった寺の名を自分のノートに書き取り、徳久のノートを撮影して、次のページをめくった。

空白のページが八枚も九枚もあったので、訪ねた寺院以外のことは書いていないと思ったが、ノートの末尾に近いページに人名と住所が書いてあった。

［皆川冬美　大田区東六郷二－十四　みすず荘　進一］

［中沢和也　石川県金沢市］

次のページに、川名沙矢子の名があった。

［川名沙矢子　静岡県熱海市来宮　晴遊閣］

「沙矢子は熱海（あたみ）にいるのか」

ノートを手にして小仏がいった。

「いまもそこにいるのかどうか、分かんないよ」

イソがノートをのぞいた。

「そうだな。晴遊閣というのは旅館かホテルじゃないか。そうだとすると、彼女はそこに勤めている。いや、勤めていたのかも」

「皆川冬美っていうのは、どういう人かな」

イソは、徳久のノートの文字をにらんでいる。

「知り合いにちがいないが、わざわざ書きとめてある点が気になるな」

「皆川冬美の、進一というのは……。彼女の子どもということも……」

小仏は、黙ってうなずくと安間に電話した。

安間は、徳久のノートを持ってくるようにといった。そのノートには持主に関する情報が刷り込まれているということだろう。

宿泊客の二人は、夕食をすませ、ストーブの前でグラスを手にして話し合っていた。

小仏とイソは、山荘従業員の三人と一緒に食卓に向かった。白いご飯は茶碗に山盛りにされていた。丸干しのいわしと、いかと里芋の煮物に、たくわん漬け。

「腹がへってたんで、メシが旨いな」

イソだ。

「黙って食え」

「どうして……」

「よけいなことをいうからだ」

イソは、自分がなにをいったか忘れたらしく、コップに注がれた日本酒を飲んで、また、

「うめえ」

といった。

夜は冷えてきた。ストーブの火が赤く見えた。

小仏は、徳久のノートにあった人名を思い出し、その人たちの続柄を想像した。

次の朝も晴れていた。樹間から白い雲の流れが見えた。蝶ヶ岳へ登って、涸沢(からさわ)や穂高を眺めたかったが、今回は仕事であるので、下山することにした。

山荘に泊まった客の二人は、薄暗いうちに出発したという。二人は蝶に登ったあと常念の方向へ縦走するのだろう。

小仏は、徳久満輝のノートをザックに入れ、茶革の鞄を撮った。

小仏とイソは、山小屋を管理している三人と一緒に写真におさまった。

「ゆうべわたしは、東京の探偵さんが二人、山荘を調べにきた、って日誌に書きました」

裕子が笑いながらいった。

小仏とイソは、三人に見送られて、薄陽が地面に縞模様を描いている坂を下った。二時間足らずで徳沢に下り着いた。途中、鳥の声をきいたが、ほかの野生動物には出合わなかった。明神岳の裾を梓川が音をたてて洗っていた。その音を右の耳に入れながら上高地へ下った。

イソは、五千尺ホテルの売店へ飛び込んだ。紙コップの熱いコーヒーを二つ持って出てくると、観光客が何組もいる河童橋への石段を登った。

「こうやって、山を眺めていると、東京へは帰りたくなくなるよね」

イソは穂高に向かってつぶやいた。

「おまえは、この辺のホテルに雇ってもらったらどうだ。空気はきれいだし、水は旨い。たまには高い山に登ってみるのもいい」

「所長はなんだか、おれをここへ置いていきたいみたい」

「おまえには、ここが似合いそうだからいってるんだ」

「この辺で働くことになったら、退屈だろうね」

「キンコには会えなくなるな」

「そうだ。キンコに、ここの写真を送ってやろう」

イソはスマホを稜線の白い穂高と梓川の上流へ向けた。川水は手ですくって飲みたくなるほど清らかだ。

松本へ下る道路は車で混雑していた。途中の釜トンネルでは、抜け出るのに二十分もかかった。外国人が乗っている乗用車もあった。

「どこの国の人も、山や川を見るのが好きなんだね」

イソはそういいながら貧乏揺すりをはじめた。

予想より一時間近く遅れて松本署に着いた。

徳久の鞄の底にしまわれていたノートを刑事課長に見せた。

「徳久という男は、京都のお寺が好きだったんでしょうね」

刑事課長は、徳久のゆがんだ文字をじっと見ていった。ノートに記したいくつかの寺には思い出が詰まっているようにも思われた。

ノートを警視庁へ持っていくことを刑事課長に断わった。

3

警視庁への到着は午後五時すぎになった。

安間の前へ、徳久満輝の鞄のなかから見つけたノートを置いた。

安間は白手袋をはめるとノートを一枚ずつ慎重にめくった。末尾近くに記されていた人名を見て、

「皆川冬美、進一。それから中沢和也と徳久の関係を知りたいな。わざわざ書いているんだから徳久とは深い間柄だと思う」

小仏は、あしたにもノートに書かれていた人の住所へいってみるつもりだ。それから川名沙矢子だ。彼女は熱海にいたらしい。現在もいるかどうかは怪しいが、彼女に会うことができれば、皆川冬美や進一や中沢和也がどういう人なのかや、彼女との間柄も分かりそうだ。

夜の事務所へ帰り着いた。八時になるというのにエミコはパソコンの画面と向かい合っていた。

「お帰りなさい。ご苦労さまでした」

彼女は、小仏とイソの前へ湯気が立ちのぼる湯呑(ゆの)みを置いた。

「夕飯前だろ」

小仏がきいた。

「はい。これからです」

「じゃ、かめ家へいこう」

イソがいう。

「おまえは、酒を飲みたいんだろ」

「そう。疲れてると、飲みたくなるんだ」

「疲れるほどの仕事はしていないのに」

「よくいいますね、所長。おれは上高地からずっと車の運転をしていた。松本からもずーっとだ。それなのに所長は、交替しようかっていわなかった。所長が居眠りしているあいだも、おれはハンドルをにぎりっぱなしだった」

「松本署と警視庁の駐車場で、眠ったじゃないか。三百キロや四百キロ走ったくらいで、疲れたなんて」

イソはぷいっと横を向いた。

小仏とイソとエミコは、かめ家のカウンターへ並んだ。三人はビールで乾杯してから日本酒に切りかえた。

女将と娘のゆう子は、肩を触れ合うように並んで客に背を向け、箸（はし）を持ちながら小さい声で話し合っている。女将は娘に料理を教えているようだった。

「長塀山荘って、どんな山小屋でしたか」

エミコは煮物の里芋を箸で割った。

「昼でも暗い森林帯の坂の上にぽつんと建っている。夜が更けると、ボー、ボーって鳥が鳴く。窓をのぞくと、あっちからもこっちからも二つの目が光っている」

イソがいった。

「二つの目って、野生動物なのね。目を光らせている動物はなんなの」

「熊も、鹿も、猿も、蛇もいる」

「気味が悪いわね。イソさんは、窓から光った目の動物を見てたのね」

「見てたんだ。薄気味悪くて、眠れなかった」

「所長も外を見てたの」

エミコは小仏にきいた。

「目を光らせた動物なんて、見たことがない」

エミコは黙って前を向き、里芋とタコを口に運んだ。

小仏は、久しぶりに山歩きをしたからか、酒をグラスに二杯飲んだところで眠気がさしてきた。と、スマホが鳴った。安間ではと思ったら、歌舞伎町のルシアだった。彼女はいまダイリーガーというクラブに勤めている。

「しばらくきてくれないので、どうしているかって思って。……いま、どこで飲んでるの」

からだの力が抜けそうなハスキーボイスだ。

「山から帰ってきたところ。一杯飲りながら夕飯の最中」

「仕事が忙しいの」

「ああ。新潟を往復したりして……」

「いいコが入ったの。キキっていう名。……会いたいから落ち着いたら……」

彼女は寂しげないいかたをして電話を切った。店はヒマなのだろう。

イソは、三杯目の酒を半分残してカウンターに額を押しつけた。疲れが出たらしい。

エミコが肩を揺すって起こした。

今夜のイソは、キンコのいるバー・ライアンへいきたいといわなかった。

ごくたまにだが、小仏はアサオに起こされる。ベッドに寝ている小仏の胸へ飛び乗る日もあるし、「早く起きろ」というふうに顔を叩く朝もある。

「きょうは眠いんだ」

目をこすると、カーテンのすき間から光が一筋差していた。

アサオは空腹らしく、早くメシをくれといって洗面所に立った小仏の足にからみついた。

牛乳を一口飲んで、トーストに噛みついて朝刊を広げたところへ、エミコが出勤した。アサオはエミコの歩く後を追っている。

シタジが電話をよこした。きょうの彼は中小企業の三、四社を訪ねるため、千葉市へいくといった。仕事は遅いが丁寧な男だ。小仏はイソの前で、シタジのことを、「非の打ち所がない」といっている。

きょうの小仏は、徳久満輝のノートに書かれていた皆川冬美と進一の住所を訪ねることにした。イソが運転する車に乗ると、第一京浜国道沿いの中学校の近くらしいといった。

上空を鳩の群れが飛び、旋回を繰り返していた。ところどころに灰色の雲がかたまっているが、雨に変わる心配はなさそうだ。

イソの勘はあたっていて、車をとめると中学の校庭から生徒たちの声がきこえた。みすず荘は茶色の扉を八つ並べた古いアパートだった。徳久のノートには部屋番号が書いてなかったので、皆川冬美という人がどの部屋に住んでいるのかは分からなかった。

一階の端から出てきた赤いシャツの女性にアパートの家主をきくと、近くの菓子屋だと教えられた。

そこは商店かと思ったら菓子の工場だった。近づくと歯が浮きそうな甘い匂いがした。工場からは缶のなかで玉を転がしているような音が洩れていた。

工場経営者の住宅は車が十台ぐらい入りそうな駐車場の奥で、その家からは薄緑色のシャツを着た七十歳見当の小柄な主婦らしい女性が出てきた。みすず荘の家主だった。訪れる人を待っていたように、その人はにこにこしていた。

「皆川冬美さんという方が住んでいるでしょうか」

小仏はきいた。

「皆川さん……」

彼女はその名字を繰り返したが、はっといって、胸に手をあてた。

「あなたは……」

どんな用事で皆川冬美を訪ねてきたのかとその顔はいっていた。

「いまも、住んでいますか」

「皆川さんは、亡くなりました。亡くなってもう二十年にもなりますので、わたしはすっかり忘れていました。……皆川さんは不幸な人でした」

「亡くなったとおっしゃると、こちらのアパートに住んでいるときにですか」

「そうです。一階の端の部屋に住んでいました。あなたは、皆川さんのことを、いまごろ……」

彼女は顔を曇らせた。小仏は皆川冬美のことを詳しくききたいといって玄関の上がり口へ腰掛けた。

「皆川さんは、子どもを持っていませんでしたか」

小仏は彼女のほうへ上半身をひねった。

「いました。赤ちゃんでした」

「赤ん坊の父親は……」

「自分勝手な男の人だったようで、皆川さんと一緒に住んでいましたけど、赤ちゃんが生まれると、泣き声が嫌なのか出ていってしまったんです」

「皆川さんとは正式な夫婦ではなかったんですね」

「そのようです。赤ちゃんが生まれてからもときどき、皆川さんを訪ねていたようですけど、そのうちに遠方へ引っ越してしまったということでした」

「遠方とはどこなのか、ご存じですか」

「たしか石川県だときいたような気がします」

「石川県……」

小仏はノートにメモを取った。

主婦は何度も首をかしげていた。皆川冬美のことをさかんに思い出そうとしているようだった。

「皆川さんは、赤ん坊をだれかにあずけて、遠方へでもいったことがあったのでは……」

「そうそう。そうでした。思い出しました。知り合いの若い男の人にあずけたんです。皆川さんは赤ちゃんの父親と話し合いをするために出掛けたようでした。話し合いをして一日で帰ってくるつもりだったのでしょうけど、男性に会えなかったのか、それとも話し合いがこじれたのか、四、五日してもどってきたんです。……当然ですけど、若い男の人は赤ちゃんを皆川さんにもどしました。ところが、二人のあいだは揉めることになったようでした」

「揉めごとが起きたということですね」

「なんという人だったか名前は忘れましたが、若い男の人は、『一日だけということだったので赤ちゃんをあずかったが、四日も五日も帰ってこない。こっちの迷惑を考えなかったのか』というようなことをいわれたようでした。皆川さんは男の人に謝ったでしょうけど、男の人が迷惑したと繰り返したので、口答えしたのだと思います。男の人は怒って、皆川さんを殴ったんです。殴られた皆川さんは倒れたんですが、どこかに頭をぶつけたらしくて、頭が痛いといっていたようです。皆川さんのところへはお友だちの……」

主婦は胸に手をあてて目を瞑った。皆川冬美の友だちの名を思い出そうとしていた。

「思い出しました。川名さん。わりに背の高い器量よしの人です。……川名さんは一時、みすず荘に住んでいたことがありましたので、わたしも顔を憶えていました。皆川さんのところへきていた川名さんは、赤ちゃんをあずかっていた男の人とも、親しそうに話をしていました」

「そのとき奥さんは、皆川さんの部屋においでになっていたんですね」

「皆川さんが、頭が痛いといってここへきたんです。頭痛薬をっていわれたんですが、転んだ拍子に頭を打ったといったのです。わたしはお医者さんに診せたほうがといいました。皆川さんは近くのお医者さんへいって、部屋で寝ていました。その間、赤ちゃんは川名さんに抱かれていました」

話しているうちに主婦の眉間の縦皺は深くなった。寒気でも覚えたように肩を震わせた。

「思い出しました。皆川さんは、アパートで二、三日寝ていたようですけど、食べた物を吐いた日に、亡くなりました」

小仏は、メモを取るペンをとめた。

皆川冬美が産んだ子を四、五日間あずかっていたのは、徳久満輝だ。彼と皆川冬美はどこで知り合い、どういう間柄だったのか。

「皆川さんは、なんとかいう物流センターに勤めていたことがありました。赤ちゃんをあずかっていた男性とはその会社で同僚だったんです」

皆川冬美は川名沙矢子とも親しかった。なぜ赤ん坊を沙矢子にあずけて、男に会いにいかなかったのか。

「そのころ川名さんは、熱海(あたみ)にいたようです。遠くだったので赤ちゃんを頼みにいけず、元同僚の男の人に頼んでみたんじゃないでしょうか。相談を受けた男性は、一日ぐらいならといって引き受けたんだと思います。……それとも男性のほうから、あずかってあげるといったのかも」

「赤ん坊をあずかったのは、徳久満輝さんっていう男性です。そのころ徳久さんは南大井の二輪荘というアパートに住んでいました、皆川さんは赤ん坊をあずけるくらいだから、徳久さんとはごく親しい間柄だったんでしょうね」

「信頼できる人だったと思います」

小仏は、皆川冬美が抱えていた赤ん坊の名は「進一」だったと思うといった。

「よくご存じですね。どこで分かったんですか」

主婦は上体を乗り出すようにしてきいた。

「あるところで、徳久さんが書いたものを見たんです。……皆川さんは亡くなった。進一さんは、どうなったんでしょう」

「川名さんが連れていきました。川名さんにも仕事があるので、赤ちゃんの面倒を見ているわけにはいかない。それで、養護施設のようなところへあずけたんじゃないでしょうか。川名さんから電話でそれをきいた憶えがあります。……進一さんは二十歳ぐらいになっているはずですね。お母さんがなぜ亡くなり、自分がなぜ養護施設で育ったのかを知っているでしょうか」

知っているとしたら、進一は自分の成長の過程を川名沙矢子からきいただろう。進一からきかれた沙矢子は、事実を正確に語っただろうか。現在、沙矢子と進一は交流があるだろうか。

「熱海へいこう」

小仏は車に乗ると、前を向いていった。

4

イソは、熱海の地名をずっと前から知っていたが、訪れるのは初めてだといった。

車を熱海駅の近くにとめた。

「昔、ここは新婚旅行のメッカだったらしい」

「新幹線のこだまでも一時間とかからないのに」

「北海道や東北の人からは遠方だ。温暖な土地だし、目の前が大海原で島もある。社員旅行も熱海でという会社も多かった」

したがってホテルや旅館が、軒を連ねるように多数あった。現在は高級マンションや保養施設が小高い山の斜面を占拠している。

徳久のノートにあった川名沙矢子の住所であるらしい晴遊閣は、熱海駅から徒歩で七、八分のホテルだった。以前は旅館だったらしく、フロントの近くには和風の造作が残っている。ロビーの大型の花瓶には赤やピンクの花が扇のように活けてあった。

フロントにいた紺のスーツの中年男に、川名沙矢子さんはいるかときくと、

「はい。従業員でございます」

といってメガネを光らせた。

小仏は名刺を渡し、沙矢子に会いにきたのだと告げた。

男は背を向けて電話を掛けた。探偵事務所の小仏さんという人が、あんたに会いにきている、とでもいったらしい。

男は電話を切るとロビーのソファを指差して、

「川名がまいりますので……」

といい、どんな用事で訪れたのかというふうに、小仏の身形(みなり)をあらためて見るような目つきをした。
五、六分経つと、
「お待たせいたしました」

と、背中に女性の声が掛かった。

小仏は立ち上がった。クリーム色のシャツに紺のスカートの背の高い女性が腰を折っていた。川名沙矢子だった。

彼女は、フロントの男に断わって、小仏を応接室へ案内した。小仏が深刻な用事で訪れたのを察したようだった。

彼女は徳久満輝より一学年上だったのだから現在四十三、四歳だろう。だが顔の色(いろ)

艶（つや）はいいし肌に張りがあっていくつも若く見えた。いくぶん目の細い点ははかなげだ。毎日、人と接する仕事をしているはずだが、小仏の職業を警戒してか、面と向かうとおののきをみせた。

「私は、徳久満輝さんの居どころをさがしています。最近、徳久さんから連絡がありましたか」

「いいえ、ありません。彼の居どころをって、東京の足立区の会社に勤めているのでは……」

「足立区の会社に勤めていたのは、一年以上前です。徳久さんは去年の四月から、北アルプスの山小屋の管理人をしていたんです」

「山小屋の、管理人……。知りませんでした」

一年以上、連絡がないということらしい。

「なぜ、徳久さんの居どころをさがしているのかというと、五月十二日の夕方、山小屋、そこは長塀山荘という山小屋です。そこからいなくなったんです」

小仏は、徳久が山小屋の宿泊客が到着しないのを気にかけて外へ出ていったのだが、そのまま山小屋へもどってこなかったと話した。

「おかしいですね。山小屋へ宿泊するといって電話を掛けた人に、連れ去られたのではないでしょうか」

沙矢子は左手を頬にあてていった。

「考えられます。宿泊の電話を掛けた者を、私も怪しいとにらんでいます。もしかしたら徳久さんは何者かから生命を狙われていたのかも。……あなたは徳久さんとは同郷だし、学生のころからの知り合いだったし、京都にいたときは、たびたび会っていた間柄でしょ。彼の経歴をご存じだったし、人柄についてもよくご存じだったと思います。ですから、なぜ山小屋を放り出して行方不明になったのかの見当がつくのではと考えて、訪ねたんです」

彼女はうなずくように首を動かしたが、

「わたしがここで働いているのを、だれにおききになったんですか」

といって、目を見開いた。

「長塀山荘で、徳久さんの書いたものを見たんです」

「彼の書いたものというと、住所録のたぐいでしょうか」

ノートの末尾に近いページに四人の名が書いてあり、そのうちの一人が川名さんだったといった。

彼女はまばたきをすると、ノートに書いてあった人たちはだれなのかときいた。

小仏は内ポケットからメモを取り出した。

「皆川冬美さんと住所。進一さん。中沢和也さんと金沢市の住所。そして川名さんです」

　沙矢子は納得するように首を動かした。

「ノートに書いてある皆川冬美さんと徳久さんは、どういう間柄ですか」

「ずっと前、徳久さんと同じ会社に勤めていた人です。徳久さんは皆川さんを、いい友だちだといっていました。男女関係は一切ない間柄でした。進一というのは、皆川さんの子どもです」

　そういうと沙矢子は声を震わせ、ポケットから小さくたたんだハンカチを取り出して鼻にあてた。

　小仏は、彼女の表情の変化やハンカチをつかんだ手を見ていた。

「皆川冬美さんは、進一が生後七、八か月のとき、亡くなりました」

　小仏は、冬美が暮らしていたアパートの家主から冬美が死亡したさいのようすをきいているが、沙矢子にも、死亡原因を尋ねた。

「冬美さんとわたしは、親友の間柄でした。彼女はからだも丈夫なほうではなく、気も弱い女性でした。彼女は一時、中沢和也さんと一緒に住んでいました。……中沢和也というのは、外で酒を飲んできては、大声を出すし、虫の居どころが悪いときは皆川さんを殴ったりする、出来のよくないわが儘な男だったんです。……皆川さんは進一を産みました。赤ん坊だから泣くのがあたりまえなのに、中沢は、うるさいといって、手に触れる物を皆川さんに投げつけたりしていたようです。……中沢和也はある日、勤め先を辞め、出身地の金沢へいってしまったんです。正式な夫婦ではなかったけど、妻子を棄てて逃げていったんです。中沢が金沢へいって一、二か月して、皆川さんは彼に会いにいきました。彼ときっぱり別れるつもりだったのかもしれません。ところがたまたま中沢は仕事で遠方へいっていたらしくて不在だったようです。……皆川さんは中沢の実家で彼がもどってくるのを待っていたんです。彼女は何日かして帰ってきた中沢と別れ話をしたということでした。二人の話し合いに立ち会った彼の両親から、いくらかのお金をもらって、帰ってきたといっていました」

沙矢子は口にハンカチをあてて、五分か六分黙っていた。二十年近く前のことを思い出そうとしているようだった。

「そうでした。思い出しました。皆川さんは進一を徳久さんにあずけて、金沢へいったんです。なぜ進一を徳久さんにあずけたのかというと、彼女は中沢との関係を徳久さんに話していたんです。彼女は幼い進一を連れていこうかと迷ったと思います。でも深刻な話し合いをするのに、赤ちゃんがいては落ち着かないとでも思ったのか、置いていくことにしたんです。それは徳久さんが、日曜の一日ぐらいなら赤ちゃんをあずかってもいいっていったからだったと思います。……もどってきた彼女は蒼い顔をしていて、徳久さんから進一を渡されると、足をふらつかせていたそうです。そのとき彼女の近くにいたアパートの大家さんが、皆川さんはひどく疲れているようだったといっていました」

「金沢から帰ってきた皆川さんと、赤ん坊をあずかっていた徳久さんとのあいだに、なにかあったのではありませんか」

小仏がきくと沙矢子は、組み合わせた手を顎にあてて考え顔をした。

「大家さんからきいたことですが、進一をあずかっていた徳久さんは、ご機嫌ななめでした。赤ん坊を四日も五日もあずかっていたので、皆川さんに文句をいったのだと思います。その文句に皆川さんは反発したのではないでしょうか。徳久さんは皆川さんの頰を一発殴ったということでした。殴られて倒れた皆川さんは、どこかで頭を打ったらしくて、頭が痛いと大家さんに訴えたんです。心配した大家さんは、近所のお医者さんへ皆川さんを連れていきました。皆川さんは大家さんに、わたしに連絡して欲しいって頼んだんです。……わたしは駆けつけて進一を抱いていました。……わたしが見にいったとき皆川さんは、薄く目を開けて、『進一を、お願い』って一言いいました。わたしはアパートの皆川さんの部屋に泊まって、進一の面倒をみていました。たしか二日目の夜でした……」

沙矢子は両手で顔をおおった。

真夜中に、冬美が死亡しているのも分かったのだという。

「わたしは進一を抱きしめて、大泣きしました」

皆川冬美は長野県の新潟県境に近い飯山(いいやま)市出身だった。沙矢子の連絡によって、飯山市からは彼女の父と兄がやってきて、遺体を引き取った。父と兄は、冬美が子どもを産んだことを知らなかった。彼女は年に一度、実家へ電話をするだけで、何年も帰省していなかったことを、沙矢子は父と兄からきいた。

冬美の遺体を引き取った父と兄は、沙矢子が抱えている赤ん坊を見て、どうしたものかと思案していた。

その二人をみていた沙矢子は、『進一君の面倒は、わたしがみます』といった。父と兄はあきれ顔をしていたが、『知っている人にみてもらったほうが……』というようなことを小さい声でいい合って、郷里へ帰る冬美の遺体を車に乗せた。沙矢子は、『ほんとうは冬美さんのお葬式に参列すべきところだが……』と胸のなかでつぶやきながら、進一を抱きしめて、車を見送った。

沙矢子は、進一を抱いて熱海へもどった。が、自分の考えが浅かったことに気付いた。彼女には忙しいホテルの仕事が待っていた。住まいである寮はホテルに隣接しているので、進一が眠っているあいだは寮に置いておけたが、目を醒ますと独りにしておくわけにはいかなかった。進一をおぶって、客室の整備などを数日のあいだやっていたが、疲労なのかめまいに襲われるようになった。子守りを交替してもらえる従業員はいなかった。

進一を抱えて一週間後、沙矢子は社長と女将に呼ばれた。

「亡くなった親友の子どもを育てるのは、美談のようだが、仕事をしながらでは無理だ。いまのままだとあんたが倒れる。当社ではあんたが必要だ。倒れられては困るんだ」

しかるべきところへ、子どもをあずけなさい、といわれた。

歩いて数分のところの保育園へあずけることができた。夜は、勤務を一時間早く退けることにしてもらい、進一を迎えにいった。

進一は寝込むような病気にかかることもなく、中学、そして高校を卒えた。彼は沙矢子を、「お母さん」と呼んでいた。彼は高校生のときからホテルの厨房でアルバイトをしていた。高校三年生になったとき、「大学へ進むんでしょ」と沙矢子は進一にきいた。すると彼は、「大学へはいかない。学校が嫌いなんだ」といって就職を希望した。どういう業種を選ぶかは決めていなかったのか、沙矢子には話さなかった。

高校卒業時の彼の身長は一七六センチ、体重は五十七キロ、色白でひょろりとしていて、目鼻立ちは実母である冬美にそっくりだった。

徳久が熱海へ遊びにきたといって、沙矢子に会った。そのとき徳久は進一の姿をちらりと見て、「立派な大人になったね」と彼女にいった。

沙矢子は、進一の実母である冬美のことをときどき思い出しては、彼に話していた。冬美が飯山市の出身であったことも、死亡した当時のことも話した。冬美の写真も見せたし、気が弱くて、やさしい声で話したり笑ったりするおとなしい女性だったとも話した。進一は、沙矢子の思い出話を黙ってきいていた。

彼は沙矢子の勤務先である晴遊閣に就職した。正式に厨房へコックの見習いとして入った。そのときから、ホテルとは歩いて四、五分の距離の男子寮へ移った。

「休みの日には、部屋の掃除をして、洗濯をして、いつも清潔にしていてね」

母親代わりの沙矢子は進一にいいつけた。

ホテルの料理長の話だと、進一はもの憶えがいいし、器用だということだった。

沙矢子が気にしていたのは、進一が極端に口数が少ない点だった。料理長も、

「指示には、はい、はいってうなずいているが、自分のほうから分からないことをきこうとしない。それと仲よしになった同僚がいない」

陰気な顔をしているわけではないが、孤独で、暗い、と評していた。

ホテルには若い女性従業員もいたが、そういう人と会話することもないようだった。

5

皆川進一を養子にすることを沙矢子は考えて、それを彼に話した。

「お母さんがそうしたいんなら、おれは反対じゃないよ」

進一は素直な返事をした。

沙矢子は、社長夫婦にも市役所の職員にも手続きをきいて、正式に進一を自分の養子にした。

「あんたはきょうから、川名進一よ」

沙矢子がいうと彼はにこりとした。ホテルでは以前から「進一」と呼ばれていたので、姓が変わってもその呼び名は変わらなかった。

五月の連休のあと、三日間休みをもらえることになった、と進一は沙矢子に話した。

「旅行の予定でもあるの」ときくと、彼はないといった。沙矢子は首をかしげたが、

「わたしも休みをもらうことにする。もらえたら、二人で京都へいこう」

進一が京都へはいったことがないのを知っていたので、誘ったのだった。

「京都か。前からいってみたいって思ってた」

進一は目を細くして遠くを見る表情をした。

「わたしは、高校を卒業すると京都の窯元に就職したのよ。窯元といっても器を焼く仕事じゃなくて、ギャラリーの店員をしていたの。……そこに勤めているあいだ、休みの日は有名なお寺を見学にいったの。いまでもいきたいって思っているお寺がいくつかあるのよ」

進一は、清水寺と天龍寺の名しか知らないといった。

二人は早起きして、新幹線に乗った。二人での旅は初めてだった。

「京都のどこを見たいの」

膝に弁当をのせて沙矢子はきいた。

「お母さんがいきたいっていうお寺がいいよ」

ではといって、嵯峨鳥居本の化野念仏寺へ入った。進一はどんな寺を想像していたのか、小さな石塔がぎっしり埋まった無数の石仏を眺めて動かなくなった。

「昔、この一帯は、死体の捨て場か墓地群で、一種の地獄谷だったらしいの。そこには小石仏群っていって、河原の石に顔を彫って亡くなった人を供養した人たちの石仏があった。それを見た偉いお坊さんが石仏を寺にまつることを思い立って、ひとつひとつを拾ってきて、ここに集めたっていわれているの。石仏のその数は八千体ぐらいらしい」

沙矢子の説明を、進一は手を合わせてきいていた。

　次に、紅葉の馬場と呼ばれている広い参道の二尊院（にそんいん）へ入った。この寺には法然（ほうねん）の廟（びょう）をはじめ、名家、文人、学者などの墓が多い。

　夜は、四条河原町の「きた浜（はま）」という料理屋の小座敷で沙矢子と進一は向かい合った。料理を運んできた女将が、沙矢子をじっと見て、

「お客さん、芳春窯においでやしたことが……」

といって丸い目をした。

「そうです。川名沙矢子です」

　五十代の女将はうれしかったのか、沙矢子ににじり寄って頭を下げ、いくつになってもきれいだ、とほめた。

「こちらさんは、息子さんですか」

「そうです。京都を知らなかったので……」

「立派な息子さんがおいでで、ご円満そうですね」

　女将は料理を運んでくるたびに笑顔をつくった。

　二日目は、修学旅行生が多く訪れる清水寺を訪ね、清水の舞台から市街を眺めた。

　そのあと、これも修学旅行生が立ち寄る、通称三十三間堂の蓮華王院（れんげおういん）を見学した。

　金色の木造千手観音像千一体は、内陣の柱間三十三に、ぎっしりと並んでいた。進一はその偉容に圧倒されてか、ものをいわなかった。

帰りの列車のなかでカメラを出し、写真が出来るのが楽しみだといった。

「旅行を京都にして、よかったね」

沙矢子がいうと、

「今度、連休をもらえたら、独りで京都へいってくる」

と、カメラをつかんだままいった。


進一は二十歳になった。彼の勤務態度を観察していた社長が、彼の誕生日に社内で小宴会を開いてくれた。それを見た沙矢子は、「進一は社長に見込まれた」のを知った。進一は、給料が少し上がったことを沙矢子に話した。

真夏のある日、進一が出勤しないことを同僚からきいて、沙矢子は顔色を変えた。出勤しないのは休日の翌日だった。彼の電話も通じなかった。沙矢子は寮の進一の部屋を見にいった。が、変わったようすはなかった。

彼は休んだ日の真夜中に帰ってきた。沙矢子は彼の前にすわって、なぜ無断欠勤したのかをきいた。

「ちょっと遠くへいってきたんだ」

「遠くって、どこなの」

「石川県」

「なにしにいったの」

「知りたいことがあったから」

　進一はそれきり口をつぐんでしまった。石川県のどこへ、なにしにいってきたのか。そこからの帰りがなぜ一日延びたのかなど一切話さなかった。

「わたしがきいたことに答えない。いままでそういうことがなかったじゃない。なぜ黙ってるの。わたしに話せないことをしたっていうの」

　沙矢子は声を震わせた。だが進一は口を開けなかった。

　進一は秘密を持った男になった。沙矢子とのあいだにわだかまりが生じた。ホテルの同僚は彼を白い目で見るようになった。好きな女性ができたのか。進一も年ごろなのだからそれは自然のことであった。

　彼は一言、石川県といった。それで沙矢子は進一の実父である中沢和也を思い出した。

　彼は自分の戸籍簿を見たのではないか。それには父親は中沢和也と載っているし、中沢の本籍地も記載されている。中沢和也とはどんな人か、なぜ一緒に暮らしていなかったのか、実の母の皆川冬美の死亡時にどこでどうしていたのかを知りたくなったのではないか。

　それを知りたくなると、居ても立ってもいられなくなった。だがそれを母親になった沙矢子に話すについては二の足を踏んだ——ということではないか、と沙矢子は想像した。

進一は、一日無断欠勤し、その理由をだれにも話さなかった。何日かするうち、進一が抱えているにちがいない秘密のことは、周囲の人たちの頭からは消えてしまっていた。が、真夏がもどったような気温の高くなった日、進一の姿が寮から消えた。同僚から知らせを受けた沙矢子は、彼の部屋へ入ってみた。すると外出のさいに着ていたジャケットと黒い鞄がなくなっていた。彼はまたも無断欠勤したのだが、今度は三日経っても四日が過ぎても帰ってこなかった。ホテルは行方さがしを警察に相談した。

警察では、「最近、悩んでいたことはなかったか」と、沙矢子にも同僚にもきいたが、思いあたるといった人はいなかった。

「東京から郷里の金沢へもどったという中沢和也さんが、どうしているかを、あなたは見にいかなかったか、あるいは警察に相談してみなかったんですか」

小仏は、艶のある髪をした沙矢子をじっと見てきいた。すると彼女は、曖昧（あいまい）な首の振りかたをして、中沢和也のことはだれにも話さなかったと小さい声で答えた。

小仏は、彼女のその答えを不自然だと受け取った。

進一はある日、自分と義母になった川名沙矢子の戸籍簿を見て、実父の本籍地を知ったのではないか。実父の中沢和也が健在なら会ってみたくなった。思い立つとじっとしていられなくなる性分なのではないか。それで進一は金沢へ向かった。中沢の住所は分かったが、不在だった。帰ってくるのを待ったために一日、ホテルを欠勤することになったのではないか。

それ以来、進一は中沢のことを考えつづけていた。考えつづけているうちにどうしても会いたくなった。決められた休日以外にホテルを休むことはできない。で、退職、いや解雇されるのを覚悟で出掛けた——

小仏は進一に会う必要を感じた。彼の行方をさがすことを思い立った。だがそれを沙矢子にはいわず、彼女の前を去ることにした。

彼女は、ホテルの正面玄関に着いた車に乗る小仏を、まるで宿泊客を見送るように、深くおじぎをした。

「いまちらりと見ただけだけど、川名沙矢子って、どんな人だったの」

ハンドルをにぎったイソがきいた。

「上背があるし、肌の色艶もいい。四十三、四歳のはずだが、五つも六つも若く見える」

「独身なの」

「そう。他人の子を養子にして育て上げた人だ。ホテルに長年勤めているが、男性には興味がないらしい」

「男の後を追いかけて、ズタズタになる女もいるけどね」

あしたは金沢市へいくというと、

「また旅なの」

イソはうんざりしているようないいかたをした。

「旅が嫌なのか」

「嫌じゃないけど、たまには二、三日、家でのんびりしたい。今度は、シタジかエミちゃんを連れていったら」

「旅はおまえとじゃないとダメなんだ」

「なんで……」

「なんでだか、分からん。遠方の出張はおまえと一緒って決めてるんだ」

イソは前方を見ながら首をかしげていたが、「勝手に決めるな」と、つぶやいた。

小仏は、徳久満輝のノートにあった中沢和也の住所を見直した。金沢市寺町三丁目。金沢市役所へ電話して、寺町三丁目とはどの辺なのかを尋ねた。電話に応じた女性職員は、

「犀川(さいかわ)の桜橋(さくらばし)を南へ渡ったところです」

と答えた。

第四章　明日のない月光

1

北陸新幹線が運行されてから石川県はぐんと近くなった。金沢へは東京から約三時間で着くことができる。以前、金沢へは小松空港へ飛び、バスで市内へ入ったものだった。

イソは、東京駅で買った朝食の弁当を食べ終えると、すぐに目を瞑（つぶ）った。起こさないでくれというふうに、背中の半分を小仏のほうへ向けて腕を組んだ。

小仏は、朝刊にざっと目を通してから、高崎あたりで目を閉じた。列車は長野にとまり糸魚川を通過した。富山に着くというアナウンスをきいて、イソの足を蹴った。

イソは、目をこすり、両腕を伸ばした。

「もう金沢に着くの」

「あと二十分」

「アイスを食いたくなった。所長は……」

「食いたくない」

「所長って、味も素っ気もない……。人に好かれないでしょ」

金沢に着いた。ここには大都会の風情があるし見どころの多い観光地でもある。ここから七尾線に乗って能登半島をめぐる人たちもいる。駅前では大型観光バスが乗り込む人を待っている。

「おれは、兼六園しか知らないけど」

「金沢の尾山神社、金沢城址。尾口のでくまわし。ふくべの大滝。加賀市の加佐ノ岬の風景。羽咋市の気多大社。輪島市の千枚田と奇岩怪石の海岸、能登金剛。伝統工芸品では、輪島塗、加賀友禅、九谷焼かな」

「所長は、いろんなところをよく憶えてるね」

「金沢やその周辺には縁があって、何度もきたからだ」

レンタカーを調達した。社員に寺町三丁目への地理をきくと、丁寧に教えてくれた。

犀川に架かった桜橋を渡るとすぐに大きい寺があらわれた。町名通りここには寺がいくつもあることが分かった。

小仏とイソは車を降りて中沢姓の家をさがした。イソが古びた表札を見て小仏を手招きした。それはかなり年数を経ている木造二階建てで、ガレージらしい小屋のなかに自転車が置いてあった。

インターホンが設置されていなかったので、玄関のガラス戸に向かって声を掛けた。二度呼ぶと引き戸が開き、白い髪の痩せた女性が顔を出した。

「こちらは中沢和也さんのお宅ですか」

小仏がきくと、七十代と思われる女性は小仏の全身を見るような目をしてから、

「和也は、ここにはおりません」

といってから、「あなたはどういう方ですか」ときいた。和也の母親にちがいなさそうだ。

「和也さんに、うかがいたいことがあって、東京からまいりました」

「和也になにをききたいのですか」

「和也さんが東京にお住まいのころに知り合っていた方のことを……」

小仏は、和也の現住所を教えてくれといった。

母親らしい彼女は、あらためて小仏の全身を見てから、この先の野町（のまち）に「かずらの」というマンションがある。和也はそこの二階に住んでいるといった。

「和也さんは、どちらかにお勤めですか」

「勤めています」

彼女は表情を変えずに答えた。

小仏は、和也の勤務先を知っているかときいた。その質問に彼女は答えず、詳しいことは本人にきいてくれといって、キツい目をした。

和也は、比較的実家に近いところに住んではいるが、両親にはめったに会わないのではないか。

小仏は彼女に丁寧に頭を下げてから、うかがいたいことがあったらまた邪魔をするといった。

彼女は表情を変えず、立像のように動かなかった。

かずらのというマンションはすぐに分かった。レンガ造りの高級感のある建物だった。一階の集合郵便受けを見たが、「中沢」は見あたらなかった。二階へ上がった。扉は五つあるが、階段から二番目の部屋にだけ表札は出ていなかった。そこがたぶん中沢の部屋だろうとみて、「幸田(こうだ)」という小さな表札の隣室のインターホンを押した。女性の声が応えた。隣が中沢さんか、ときくと、

「そう」

という答えが返ってきた。

小仏が、中沢についてききたいことがあるというと、ドアが十センチばかり開いた。

白い顔の女性が素性をうかがう目をした。長身で顔の大きい男が立っていたので、びっくりしたようだ。

小仏は頭を下げて、名刺を差し出した。三十代半ば見当の女性は、ドアを一杯に開け、なかへ入ってといった。

玄関のたたきには緑色のつっかけが一足そろえてあった。この女性は独り暮らしではと小仏は想像した。彼女の背中の先に窓が見え、その前のデスクにはパソコンがのっている。彼女は自宅で仕事をしているようだ。

「お隣に住んでいるのは中沢和也さんという方だと思いますが、お付き合いがありますか」

「ご主人とは挨拶をする程度でしたけど、奥さんとは何度もお話をしました……」

彼女は会話するときの癖なのか首を少しかたむけた。

中沢は何人かと暮らしているのかときいた。

「奥さんと二人でお住まいでした。ですが、奥さんは……」

彼女はそういうと、口をふさぐような手つきをした。なにか変わったことでもあったのではないか。小仏は、半歩、彼女のほうへ寄った。なにがあったのかをきくように首をかしげた。

彼女は頰を両手ではさんだ。

「二か月ぐらい前でした。奥さんは白菊町（しらぎくちょう）の桑山（くわやま）病院に入院していました」

「どんな病気だったんですか」

「病名までは知りませんけど心臓の病気だといっていました。二週間ぐらい入院していたのですが……」

彼女は息をつくように胸を押さえた。

「病院が火事に遭ったんです」

「病院が、火災に……。入院中の患者が何人かいましたか」

「三人いたようです。そのうちの一人が中沢さんの奥さんで、津島妙子（つしまたえこ）さんというお名前です。……三人とも逃げるというか、助けられて無事でしたけど、病院は全焼でした」

彼女は中沢の妻らしい人の氏名を正確に記憶していた。付合いがあったので本人にきいたのだろう。警察官や消防隊員が、中沢和也の生活状況などをききにきた。そのさい中沢と妻の氏名もきいたのだという。

「火災は、病院の失火だったんですか」

「隣が火元のようです」

「隣家の商売は……」

「学習塾でした。夜の十一時すぎですので、学習塾にはだれもいなかったそうです。

ですから不審火。警察も消防の方も付近を詳しく調べていましたし、わたしのところへも話をききにきました」

「警察や消防がなぜ、入院患者の自宅のことを聞き込みにきたのでしょうか」

「不審火だったからです」

彼女は強調した。小仏の顔を見直すような目つきをして、警察と消防は放火の疑いを持ったようだといった。

「放火……」

小仏はつぶやいた。

「放火だとしたら犯人は、無人の学習塾に火を点ければ、隣接の病院に燃え移るのを承知していたんじゃないでしょうか」

「というと犯人は、桑山病院に恨みでもある者……」

「そういう見方もありますけど、ある人はべつの見方をしています」

「べつの見方……」

小仏は、幸田という彼女の顔をにらんだ。

「入院中の方を……」

彼女は口をつぐんだ。想像した自分が空恐ろしくなったようだ。

入院中の津島妙子は何歳だったのかを小仏はきいた。

「三十八とか三十九だったけど、若く見える、きれいな人です」

火災当時、入院していたのは、津島妙子のほかに八十歳と五十代の男性だったという。

津島妙子はべつの病院へ移って、入院をつづけているらしいという。

小仏は妙子の現在の入院先をきいたが、それは知らないといわれた。

「あなたは、中沢和也さんの勤め先をご存じですか」

「金福陸運です。ここへおいでになった警察の方からききました。トラックの運転手だそうです」

「中沢さんは、どんな人ですか」

「会えば、黙って頭を下げます。エントランスで会ったとき、火事になった桑山病院に奥さんが入院中だったときいたので、『ご心配だったでしょ』といいましたら、『火事には早く気が付いたらしくて、無事でした』といっただけで、下を向いて去っていきました。ちょっととっつきにくい感じの人です」

彼女はそういってから、私立探偵は事件も調べるのかと小首をかしげた。

「私は以前、警視庁の刑事部におりました。その関係で、事件がらみの調査も引き受けているんです。……幸田さんは、ご自宅でお仕事をなさっていらっしゃるようですが」

「はい。出版社からの依頼で英文の論文などの翻訳をやっています。いまは金沢市内の大学から頼まれて、英文の教材を訳しています」

彼女は、小仏が自分の職業に興味を持ったと思ってか、にこりとした。

小仏は、中沢和也の勤務先の金福陸運を訪ねた。三角屋根のガレージの前には大小のトラックが数台とまっていた。力士のように腹の突き出ている男が、トラックの運転席の男と会話していた。

小仏は力士のような体格の男に近寄って、名刺を渡し、中沢和也という人が勤めているらしいが、その人のことをききたいといった。

男も名刺を出した。肩書は専務だった。

2

金福陸運の根岸(ねぎし)専務は、小仏を応接室へ招いた。

小仏の名刺を見直してから、なんでもきいてくれというふうに、ソファをすすめた。

「中沢は、社長の車の運転手として採用された男でした。……社長は八十歳ですが、市内の何社かの役員を兼ねている忙しい人です。中沢は二年間ほど社長専用車の運転をしていたんですが、急に妙なことを私にいうようになりました」

専務は、指でワイシャツのボタンをいじくりながらいった。

「妙なこととは、どんなことでしょうか」

小仏がきいた。

「車を運転していると、目の前を黒い動物が横切るようになった、といいました。そのたびに彼は車を降りて見たが、黒い動物を轢いたことはありませんでした。同じことを何度もいったので、精神障害ではないかと思い、病院の神経科や心療内科で診てもらいましたが、異状はないといわれたということでした。それで社長の車の運転をやめさせ、一年間ぐらい整備の仕事をさせていました。大型免許を持っているので、現在は市内配送のトラックに乗せています。ときどき私が、異状はないかときいていましたが、黒い動物は横切らないということでした。それでいまは、長距離もやってもらっています」

雪が降った日、大型トラックを道路の側溝に落としたことがあったが、それ以外に事故はないという。

「きょうは、特殊な建材を積んで、東京へいっています。もどってくるのは夜でしょう」

専務は中沢を送り出すさい、「気をつけてやれよ」と、声を掛けているという。

「中沢さんの奥さんのことを、ご存じでしょうか」

「入院していた病院が火災に遭ったことですね。奥さんといっても籍を入れていない。なぜ正式な夫婦にならないんだってきいたことがありましたけど、中沢は返事をしませんでした。もしかしたら彼には、戸籍上の妻がいるんじゃないかって、私は勘繰っていました」

「中沢さんの奥さんといわれているのは、津島妙子さんです。彼女はべつの病院へ移ったそうですが、それはどこなのかご存じでしょうか」

「田井町の金沢潤生会病院で、いまも入院しているようです。火事で焼け出されたりしたので、病気はよくならないんじゃないでしょうか。……桑山病院の火災ですが、警察や消防は、放火の疑いでいまも調べているようです。なにしろ、火種のない場所から出火したということですから」

「出火した学習塾にはだれもいなかったということですから、放火か、あるいはだれかが捨てたタバコの火が、なにかに燃え移ったか……」

「火元とみられている路地では、火事の三日前に事件が起きているんです」

専務は、事務の女性社員が運んできたお茶を一口飲んだ。

「事件ですか……」

小仏の声は少し大きくなった。

「学習塾と桑山病院のあいだには、人が一人やっと通れるくらいの路地があるんです。通り抜けできることを知っている人は何人もいたでしょう。私はここへきた刑事さんからきいたことですが、火災の三日前の夜、新聞の集金にまわっていたアルバイト学生が、暗い路地を抜け出たところで、何者かにナイフで腕を切られたんです。それは男で、学生の腹でも刺すつもりだったんじゃないでしょうか。切りつけられた学生が身をかわすのが早かったからか、腕を五センチばかり切られただけだったそうです」

小仏は、専務の話を素早くメモした。学生を傷付けた男と、放火犯は同一人ではないか、と推測した、ナイフをにぎっていた男は、路地のどこかへ火を点けようとしていた。とそこへ若い男が入ってきた。なにをしているんだと若い男にきかれたのかもしれない。学習塾と病院が焼かれる前に、アルバイト学生は、何者かに腹でも刺されて、殺されていたかもしれない。

田井町の金沢潤生会病院は浅野川（あさのがわ）の川岸に建っていた。白い壁の五階建てで、屋上にどこか遠い国の国旗に似た水色の旗がひるがえっていた。

津島妙子は五階の窓ぎわのベッドにすわって、本を読んでいた。

小仏が、「失礼します」といって近づくと、彼女は読んでいた本を伏せた。その本は、函館市を舞台にしたミステリーだった。

彼女は丸顔だが頬はこけている。色白で眉は薄いが唇だけは異様なほど赤かった。

小仏を見ると、彼女はすわり直し、目を緊張させた。

小仏は名刺を渡すと、体調を尋ねた。

「気分のいい日とよくない日の、繰り返しです」

と、力のない声で答え、一週間後には退院するつもりだといった。

小仏ははっきりと、中沢和也について知りたいことがあったので、金沢へやってきたのだといった。

「中沢のどんなことを……」

妙子は不安そうな目をした。

「中沢さんの過去と関係のありそうなことを知るためです」

「彼の過去……。どんなことでしょうか」

そういった彼女は顔が蒼（あお）くなったように見えた。

「最近ですが、遠方から中沢さんに会いにきた人がいたと思います。それをご存じでしょうか」

「知りません。わたしの身辺にごたごたがあったりしたので、ききそびれているのかも……。遠方からとおっしゃいますと、どういう方なのでしょうか」

小仏は、話そうかどうしようかを迷ったが、目的は川名進一の行方を突きとめるために金沢へきたのだったことを思い直し、

「中沢さんには子どもがいたことはご存じでしたか」

ときいた。

「子どもが……。知りません。その子は……」

「男の子で、現在二十歳です」

「二十歳……」

彼女は目を丸くした。小さい声で、「彼の戸籍簿を見たことがないので」といった。

彼女は入籍を望んだことがあっただろう。ところが中沢は、彼女の希望を無視したか拒んだのではないか。

「二十歳になったその男の子は、学生ですか」

「熱海のホテルに勤めている女性の養子になって、養母と同じホテルで働いていました。ところが最近になって、行方が分からなくなりました。家出をしたんです。その前に中沢和也さんが実の父親だということをなにかで知った可能性があります。それで会ってみたくなったのかもしれません」

「息子がそれで、金沢へきたのではと思われたんですね」

小仏はうなずいた。

「知らなかった。わたしは迂闊(うかつ)でした。……中沢には、結婚していた過去があったんですか」

「正式に結婚した過去はなかったようです」

　小仏は曖昧な言葉を遣った。

「子どもがいくつのときに、中沢はその子と別れたのですか」

「生後七、八か月といわれています」

　長じてからの進一は、公園などで、キャッチボールやバドミントンをやっている笑顔の父子を見たことがあっただろう。そういう風景を目にするたびに、自分の父親はどんな人なのかと思ってみたにちがいない。そして自分の父親にはどのような事情があって、別れることになったのかを、あれこれ空想してみたかもしれない。しかし世のなかに、子どもを手放してもよい事情など存在しないのではという思いが頭を持ち上げてきた。父親は確実に自分と訣別（けつべつ）した。子どもがいては困る状況に直面したので、棄（す）てたのではないのか。

　母親は皆川冬美という名だった。それは養母の川名沙矢子からきいていた。実母の冬美は、妻子を置いて金沢へ去ってしまった中沢と話し合いをするために、進一を一日だけあずかってといって知人に託した。訪ねた金沢で中沢にすぐには会えず、東京への帰りが四、五日遅れた。遅れた理由を進一をあずかった知人に話し、弁解したが、冬美はたぶん気が立っていたにちがいない。中沢との話し合いが円満な結果ではなかったのだろう。

一日だけの約束で進一をあずかったのは、徳久満輝という生真面目な男だった。その男に対して冬美は、一言よけいな言葉を吐いたにちがいない。その一言は徳久の癇にさわった。振り上げた拳が冬美の頰を打った。彼女は倒れた。その殴打が原因だった可能性があり、彼女は二日後、頭痛を訴えたまま死亡した。その顚末を沙矢子は長じてからの進一に語った。進一は沙矢子の話を、腹の底へしまい込んだ——

小仏は、妙子の前を去ることにした。

「あなたは、中沢にお会いになるおつもりですか」

彼女は、痩せた頰に両手をあてた。

「進一さんは、中沢さんに会ったかもしれない。会ったとしたら、その後、どこへいったか、あるいはどこへいくつもりかを、中沢さんはきいているでしょう」

小仏がいうと、彼女はうなずくように首を動かした。

「進一さんという人は、中沢を恨んでいるでしょうか」

「どうでしょうか」

「家出までして会いにきた。なにか覚悟でもしているような気がしますけど」

小仏もそれを考えなくはなかったが、中沢に会うことにするといって、病室をあとにした。

彼女は窓辺に立って、病院を出ていく小仏を見下ろしているような気がした。

病院の庭へ救急車が入ってきた。白のヘルメットに白衣を着た男性が二人、車を降りた。後部のドアが開いて、ストレッチャーに乗った人が降ろされた。

3

中沢和也が運転するトラックがもどってきたのは、午後七時をまわったところだった。中沢は助手席に乗っていた若い男とともに、トラックの異状でも点検するように腰をかがめて見てまわってから、洗面所へ入った。

小仏は、事務室の脇に立って中沢のようすを観察していた。

トラックが二台つづけてもどってきた。車を降りた運転手と助手たちは、洗面所で顔や手を洗う。この会社には食事の賄いがあって、車を降りた人たちは食堂へ入っていく。

小仏の腹の虫は、三十分ほど前から騒ぎ出したが、彼は腹をさすってなだめていた。イソは、近所の店で買ってきたらしいパンにかじりついた。透明の袋にはパンがもう一個入っているが、イソはそれを自分の膝にのせ、小仏にとられまいとしてか、片方の手でおさえている。

　小仏はイソがおさえている袋をにらんだ。

「この世に、閻魔さまがいるとしたら、おまえは顔を真っ二つに割られるだろうな」

「その前に所長は、火あぶりにされている」

「どうしてだ」

「人使いの荒いことは世界一。この日本には労働基準法というものがあって、使用者は働いている者には休日と休息を与え、労働に見合った賃金を支払わねばならない。所長は、そういうことを知らないでしょ」

「知らん。おまえは、どこで、そんなことを教わったんだ」

「教わらなくても、日本人なら赤子でも知ってるよ」

　イソは、二つ目のパンを頬張り、缶コーヒーを口にかたむけたあと、空き袋を両手でまるめた。

　午後八時半、食堂から四人が出てきた。そのうちの二人は自転車を漕いで去っていった。中沢は塀ぎわにとめていた乗用車に乗ろうとした。その背中に小仏が声を掛けた。

　中沢は振り返った。長身だ。髪を額にななめにたらしている。小仏は名乗って、話したいことがあるといって、一歩近寄った。

「あなたは……」

中沢は太い声できいた。小仏が名刺を渡すと、自分の車のドアを開けて車内のランプにかざした。

明るい場所で話そう、と小仏がいうと、中沢は、ついてきてくれといって自分の車に乗った。

彼のシルバーグレーの車は、小仏たちが乗っているレンタカーよりひとまわり大きく、テールランプのかたちがしゃれていた。小仏は助手席から中沢の車をカメラに収めた。

駐車場に隣接しているカフェに着いた。金沢は都会だ。ネクタイをゆるめた男たちが大型のジョッキをかたむけていた。

三人はコーヒーをオーダーした。

小仏は中沢と向かい合った。中沢は小仏の顔をちらりと見てからタバコに火をつけた。

「最近、遠方からあなたに会いにきた男性がいたはずですが」

小仏が切り出した。

「いや。だれのことですか」

「二十歳の青年です。顔立ちがあなたに似ているかもしれません」

「だれのことですか」

中沢はタバコの煙を横へ吐いた。

「あなたは二十年前まで東京に住んでいた。皆川冬美さんという女性と一緒に住んでいて、冬美さんは男の子を産んだ。男の子の名は進一。その名はあなたが付けたんじゃないのですか」

「いや」

中沢は小さい声でいって、目を伏せた。

「あなたは、冬美さんと進一さんを置いて、この金沢へ帰ってしまった。そのあなたを追いかけるようにして、冬美さんは単身であなたに会いにきた。あなたと冬美さんの別れ話は成立したんですね」

中沢は曖昧な首の振りかたをすると、

「あんたたちは、なにをするつもりで金沢へきたんですか。二十年も前にすんだことを持ち出して、なにをしようっていうんですか。脅しですか、強請（ゆすり）ですか。……おれを強請ろうとしたって、一銭も出さないよ」

「強請やたかりじゃない。大事な話をしてるんだから冷静にきいてください。……二十年前、あなたと話し合いをして東京にもどった冬美さんが、どうなったかをあなたは知っていますか」

「いや」

「亡くなったんです。倒れたんです。倒れた拍子に頭を打ったらしくて、頭痛を訴えたまま亡くなったということです。冬美さんには川名沙矢子さんという親友がいました。熱海のホテルに勤めている人です。川名さんは進一さんを養子にした。学業を終えた進一さんも川名さんが働いているホテルの従業員になって、真面目に勤めていた。……ある日、彼は、父親がどんな人なのかを知りたくなったらしい。公簿を見たりして父が金沢にいるのを知った。それで休日に金沢へきてみたが、あなたが遠方へいっていたからか、会うことができずにもどった。それからは、毎日、父親のことを考えていたような気がする。考えているうちに、どうしても父親に会いたくなった。話して、ききたいこともあったにちがいない。居ても立ってもいられなくなったのか、今度は母親である川名さんにも一言も告げず寮を抜け出した。いわゆる家出です」

「進一はおれに会うために家出したっていうんだね」

「そうです。前回は会うことができなかったので、今度こそはと決意して……」

「はたして、おれに会うために家出したのかどうか。おれに会うために家出したっていうのは、あんたたちの推測で、おれとは関係のない、べつの事情でもあったのかも……」

「あなたに会うためだ。それ以外の事情はない。進一さんは、なぜ捨てられたのかを、あなたに会って確かめたくなったんだと思う」

「捨てられたなんて……」

「捨てられたんじゃないか。あなたは、冬美さんと別れ話をした。そのあと、進一さんがどうなったかを考えたことがありましたか」

中沢は、からだをななめにした。小仏たちを見ていたくないのだろう。

彼は横を向いたまま、

「おれにどうしようっていうんだ」

と、ふてくされたいいかたをした。

「進一さんが会いにきたら、熱海へもどるように説得してください。それから、幼いときに別れたことを謝ったらどうでしょうか。あなたが謝罪したら、進一さんは熱海へもどるかもしれない」

小仏はそういうと、店内を見まわした。進一が、店内の客にまぎれて、中沢を見ているような気がした。

中沢はタバコをくわえると、ライターで火をつける前に、

「帰る」

といって、椅子を蹴るように立ち上がった。

イソがテーブルの上の伝票をつかんだ。

中沢はなにもいわずに店を出ると、駐車場へ入った。

小仏とイソの車は、中沢の車とは二十メートルほどはなれている。中沢の車は駐車場の出口へ向かった。小仏たちの車はそれを追うつもりだったが、中沢の車は停止した。電話を掛けたか掛かってきたらしい。二分ほどで中沢の車は走り出した。

イソは、中沢の車と一台はさんで尾行した。五、六分走ったところで、中沢はコインパーキングに車を入れた。そこは彼が住んでいるかずらのマンションとは反対方向だった。

車を置いた中沢は、五、六十メートルはなれたバーへ入った。そこはわりに広い店のようだ。

「やつは、だれかと会うんだろうな」

イソがいって地面を蹴った。十五分ほど経過した。

「どんなやつと会ってるのか、見てこい」

小仏がいうとイソは肩を縮めるようにしてバーへ入ったが、すぐに出てきた。

「中沢は、カウンターに女と並んで、背中を向けていた」

「店の女じゃないな」

「客だと思う。裾（すそ）の広い白っぽいワンピースを着ていて若そう」

イソは、さも憎々しそうないいかたをした。

「コンビニでにぎり飯を買ってきてくれ」

小仏がいった。

「おれたち、中沢が出てくるまでここで張ってるの」

「そうだ。やつが眠りにつくまで、尾けたり張ったり」

イソは、

「おれは長生きできない」

といって、コンビニをさがしに車を降りた。イソは十分ほどで白い袋を提げてもどってきた。

バーへ入った中沢は約三十分後、女性と肩を並べて出てくると、駐車場へ入った。

「やつは、飲酒運転をするつもりなのか」

小仏がいったが、車からなにかを取り出しただけだった。

中沢と女性はタクシーを拾った。住所である野町のかずらのマンションへ帰るのかと思ったら、犀川をまたいで幸町のマンションへ入った。そこはどうやら女性の住まいのようだ。五階の中央の部屋の窓に灯りが点いた。そこが、中沢が一緒に入った女性の部屋ではないか。

一階の郵便受けで、いま灯りが点いた部屋の名札を確かめた。「稲葉」という名札が入っていた。

妻は病気で入院中。夫には愛人がいて、一緒に酒を飲み、愛人の住まいに泊まる。中沢和也という男がきわめて出来のよくない人間に見えた。

小仏は両腕を伸ばして空を仰いだ。満月に近づいた孤独の月が、つぎつぎに流れてくる雲を散らしていた。月の下を黒い鳥が横切った。夜更けに飛ぶ鳥は、なにかに追いかけられているのではないか。

中沢を泊めるつもりか、彼を部屋へ連れていった女性はなにをしている人なのか。先刻、中沢の到着をバーで待っていたらしいのだから、水商売勤めではないだろう。あすは平日だ。会社員なら朝、部屋を出ていくにちがいない。

「あすの朝、ここで張り込んで、女の職業を確認しろ」

小仏がイソに命じた。

「あしたの朝……。おれには寝る時間さえも与えられない」

イソは顎(あご)を左右にずらし、歯ぎしりの音をさせた。

4

中沢和也を幸町の自宅マンションに泊めた女性は、香林坊(こうりんぼう)のブティックに勤めている稲葉かほり、三十歳であることが分かった。

午前十時半にマンションを出た彼女を、イソは尾行して、勤め先を確かめた。店を出てきた若い女性従業員に氏名と年齢をきいたのだった。ブティックで稲葉かほりは、「店長」と呼ばれていることも分かった。

「おれは早晩、小仏太郎に殺されるっていうのに、中沢という男は、脂ののりきったいい女と、楽しい思いをしゃあがって……」

イソは、大あくびをしてから車のハンドルをにぎった。

車での行き先は、中沢和也の実家がある寺町三丁目。

なぜそこへいくのかというと、家出した進一が立ち寄るか、小仏が張り込んでいるのではと考えたからだ。

進一は、実父である中沢和也に会うために家出したのだろう。自分の父親がどんな人かをどうしても知りたくなったのではないか。

中沢という男は、実の母と実子である自分を捨てた男だということを、進一は知っているはずだ。彼は中沢に、父親を放棄した理由を是非ともききたくなったのだろう。それをきいたうえでどうするかまでを考えているかもしれない。

小仏は、イソの愚痴をききながら一時間あまり、中沢家をにらんでいたが、進一はあらわれなかった。中沢の両親は、息子である和也が、皆川冬美に男の子を産ませたことを知っている。なので、東京から和也に会いにきた冬美に、どのぐらいかは分からないが現金を持たせた。冬美を追い返したといってもまちがいではないだろう。

　小仏は、中沢家の玄関へ声を掛け、出てきた和也の母親に、二十歳の青年が訪れたかを尋ねた。

「いいえ。きておりません。それはどういう人ですか」

　母親は小仏の目の奥をのぞきこんだ。

「進一さんといって、和也さんのお子さんです」

「和也の子。……その子がいまごろになって……」

　なぜか。なにがあったのか、と母親の表情は事情を知りたがっていた。

「実のお父さんに会ってみたくなったんだと思います。真面目な息子は、父親とどうして別れなくてはならなかったのかを、知りたくなったんだと思います。中沢和也さんがどんな人なのか、会ってみたくなったんでしょう。お母さんは、和也さんの子どもを見たいと思いませんか」

　髪の白い母親は、どう返事をしたものか迷っているようだった。それとも他人に難癖を突き付けられて、迷惑を感じているようにも見えた。

　小仏は、もしも進一が訪ねてきたら、知らせてもらいたいといって、名刺にケータイの番号を書いて渡した。

小仏とイソは、ホテルのロビーで朝食のあと新聞を広げていた。小仏が読んでいる地元紙に傷害事件の記事があった。「アルバイト学生、また被害に」とタイトルが付いていて、市内に住んでいる河井尚之は、アルバイト帰りの午後九時二十分ごろ、浅野川沿い田井町の暗がりで、黒っぽい服装の男に刃物で切りつけられた。身をかわしたのが早かったので、肩に近い腕を切られただけだったが、犯人の男は河井を刃物で刺し殺すつもりで襲った可能性がある。河井は二か月前に火災に遭った白菊町の桑山病院の脇で、男に切りつけられ、腕に怪我を負っていた。刃物で切りつけた男は走って逃げたため顔を見ていないが、二か月前の事件の加害者に似ているような気がすると、警察に話している、となっていた。

小仏は新聞をたたむと白い天井を仰いだ。河井尚之という学生がほぼ二か月前に襲われたのは桑山病院の隣接地だった。今回被害に遭った場所は田井町で、その近くには金沢潤生会病院がある。その病院には中沢和也の妻といわれている津島妙子がいまも入院している。

小仏は地元紙の記事をイソに読ませた。

「病人の津島妙子と河井尚之は、なにかで関係があるのかな」

イソがつぶやいた。

「おれは、津島妙子と、河井という学生を襲った犯人が関係あるんじゃないかとみたんだ」

小仏は天井に顔を向けたままいった。

「そうか。犯人は入院中の津島妙子を見舞いにいった。すると偶然だが病院の近くで河井を見掛けたかすれちがった。犯人は桑山病院の脇で襲った河井を憶えていた。生かしておくと面倒なことが起こりそうなので、ふたたび隠し持っていた刃物をにぎった、というわけか。入院中の津島妙子に会いにいったのは……」

イソは小仏の横顔をにらんだ。

「中沢和也だ」

「警察は、河井を襲った犯人を特定しているだろうか」

「中沢和也を怪しいとみて、泳がしているのかも」

「中沢だとしたら、なぜ河井を傷付けたんだろう」

「なにかやろうとしていたところを、河井に見つかったんじゃないか」

「なにかって、なに……」

「放火だ。中沢は桑山病院を焼くつもりで隣接の学習塾へ火をつけようとしていた。そこへ路地を入ってきた河井に、『なにをしているんだ』とでもいわれた。放火しようとしていたのを目撃されたと思ったので、隠し持っていた刃物を取り出した」

「学習塾じゃなくて、病院を焼こうとした。その目的は……」

「入院中の津島妙子を」

　小仏は、また天井を仰いだ。

「そうだとしたら、中沢和也っていう男は悪質だ。冷酷だ」

　イソは拳を固くにぎった。

「冷酷なヤツじゃないか中沢は。二十年前に、皆川冬美に産ませた進一を捨てるようにして、東京から郷里の金沢へもどってしまった。冬美は赤ん坊を抱えているから深刻だった。それで自分と進一の暮らしを守る話し合いのために、金沢へ中沢に会いにきた。彼女と会った中沢はたぶん、冬美の話をまともにきかなかったような気がする。だから冬美は、泣きながら東京へもどったんだと思う」

「中沢は、冬美と進一を捨てた。そして今度は、病気の津島妙子を……。病院は火事になった。火のまわりかたによっては、入院していた妙子とほかの二人は亡くなったかもしれないね」

　イソは手にしていた新聞を筒状にすると、テーブルに叩きつけ、警察に中沢のことを通報しようといった。

「おれたちは、警視庁の指示で動いていることを、忘れるわけには……」

　小仏は、安間に電話した。安間は出勤したところで、事務職員の淹れたお茶でも飲んでいるのだろう。

安間はすぐに応答した。

小仏は、中沢和也の略歴を話し、妻同様の津島妙子が入院していた病院が、放火と思われる火災に遭ったこと、その火災の前に中沢とみられる男が、河井というアルバイト学生を刃物で切りつけたこと、転院した妻が入っている病院のすぐ近くで、また も河井が被害に遭ったことを説明し、二件の傷害事件の犯人は中沢和也の可能性が考えられると話した。

「学習塾と桑山病院の火災は、まちがいなく放火なんだな」

安間はメモを取っているらしく、念を押した。

「警察も消防も、放火とみている」

小仏は答えた。

「河井という学生を刃物で切りつけた男は、脅しのためだったのだろうか」

安間がきいた。

「いや、殺害目的だったと思う。河井は、学習塾と桑山病院の火災は放火によるもので、火をつけたのは刃物で襲った男だと確信しているにちがいない」

「放火が中沢和也の犯行だとしたら……」

「中沢の犯行だろう。彼は火災によって津島妙子を殺そうとしたんだ。彼には現在、昵懇（じっこん）の女がいるんだ」

「分かった。こっちから金沢中署に、小仏の見方を伝える。金沢中署から連絡があったら応えてくれ」

小仏とイソが金沢へきた目的は、川名進一の行方をさがすことだった。

進一は、実の父である中沢和也に会ったろうと予想していたが、そんな男の訪問は受けていない、と中沢はいっている。

中沢の実家で、彼の母親に会ったが、進一はそこも訪ねていないようだった。

「おれはこんなふうに考えているんだ」

イソは、車のハンドルに顎をのせていった。

「どんなふうだ」

「進一は、この金沢にいるような気がする。もしかしたらどこかへ就職しているかも」

「そうだな。食っていかなきゃならないから、就職している可能性は考えられる。が、金沢にいるとしたら、その目的はなんだと思う」

「中沢和也が住んでいることに関係があるような気がする」

「なにかを計画しているっていうことだな」

イソはうなずいて、窓の外を旋回している鳩の群れを眺めていた。

小仏のポケットでラテンのリズムが鳴り出した。

「こちらは、金沢中警察署刑事課の牛込と申します」

几帳面な声だ。

「小仏です。どうも」

「もし、お手すきでしたら、署までおいで願いたいのですが、いかがでしょうか」

小仏は了解し、すぐにうかがうと答えた。

「金沢中署は、中沢和也をマークしているのかな」

イソは、鳩の群れが飛ぶ方向へ首を動かした。

「どうかな」

小仏とイソは、ソファから立ち上がって駐車場へ向かった。

5

小仏は、金沢中署の署長室の応接セットへ招かれた。

署長は五十歳ぐらいの小太りだった。小仏に電話を掛けてきた牛込は係長で四十代半ばの長身。一足遅れて署長室へ五十代前半に見える刑事課長が入ってきた。

すぐにほぼ二か月前に全焼した桑山病院での出来事を牛込が話した。それは白菊町での交通事故。道路の工事現場へ男子中学生約二十名を乗せたバスが突っ込んで横転する事故が発生した。中学生の十一人と運転手が重傷を負って二か所の病院へ収容された。桑山病院へは生徒六人と運転手が運び込まれたが、そのうちの一人の生徒が、病院へ運び込まれたのにすぐに治療を受けられず死亡した。救えるはずの生命を失った未治療死であった。

当然だが死亡した少年の両親は桑山病院を恨んだ。医師と看護師は、血を流してはいたが軽症だった生徒の手当てにあたり、重傷者を見落としていたと、激しく抗議した。病院は落度を認めて、死亡した生徒の両親と学校へ謝罪した。

桑山病院の火災は、交通事故の八日後の夜だった。消防と警察は火災発生原因を詳しく検べた。その結果、火元は学習塾の裏口付近で、そこには自然出火を疑うような物は見当たらないことから、放火と断定した。

金沢中署の刑事課は、バス事故が原因で死亡した中学生の両親に疑いの目を向けた。三十九歳の中学生の父親は市内の電気部品工場の社員。彼は、学習塾と桑山病院が焼かれた夜、市内で同僚三人と飲酒していた。午後九時ごろに帰宅したというが、それを見た人はいなかった。その夜、父親は飲酒しながら、桑山病院の手落ちを非難し、『あの病院をぶち壊したいくらいだ』などと唾を飛ばしていた。それを憶えている同僚のなかには、子どもに死なれた悔しさのあまり、病院に火をつけたのかもしれないと陰口をいった者がいた。父親には喫煙習慣があり、それが放火を疑われた一因でもあった。

　牛込の話をきき終えると小仏は、

「怪しい男が、もう一人います」

　といった。刑事課長は、「えっ」といって小仏のほうへ身を乗り出してきた。

「火災の日、桑山病院には三人が入院していたそうですが、そのうちの一人は津島妙子さんで、金福陸運社員の中沢和也と夫婦同然の間柄です。中沢は二十年前、東京にいました」

　中沢は東京では皆川冬美という女性と暮らしていた。冬美は中沢の子を産み、その子を進一と名付けた。中沢は身勝手な性分で、冬美と進一を捨てるように東京に残して、郷里の金沢へ帰ってしまった。

　中沢は金沢で暮らすうち津島妙子と夫婦同然の間柄になった。妙子は病気がちで、心臓に疾患があることから、桑山病院に入院して治療を受けていた。

　女好きの中沢には稲葉かほりという愛人ができ、一緒に酒を飲んだり、彼女の住居に泊まったりしている。彼には入院中の妙子がうっとうしくなったにちがいない。そこで妙子殺害を考えて、桑山病院に放火することにした。桑山病院を焼くことにしたが適当な個所を見つけられなかった。それで路地をはさんだ隣接の学習塾に火をつけることにした。だがその工作中に、路地へ入ってきたアルバイト学生の河井尚之に見つかった。

中沢は常時、刃物を携行していたらしく、彼の行為に不審を抱いた河井に対して刃物を突き付けようとした。仰天したにちがいない河井は逃げたが、腕を切りつけられた。

昨夜のことである。田井町の一画にさしかかった河井は、桑山病院脇で腕に怪我をさせた者に似た男にいきなり刃物で切りつけられた。その現場近くには金沢潤生会病院があって、津島妙子が入院している――

小仏がそこまで話すと、署長と刑事課長と牛込は顔を見合わせた。

警察は、学習塾と桑山病院の火災を放火と断定して、交通事故で死亡した中学生の父親に嫌疑の目を向けているが、中沢和也を疑ってはいなかったらしい。彼が捜査線上に挙がったことはなかったようだ。

署長と刑事課長と牛込は、額を突き合わせて話し合いをはじめ、捜査員を動かすだろうが、小仏は一礼して署をあとにした。

車にもどると、イソは前部のシートに足を伸ばしていた。

「ここで、そういう格好をするな」

ドアを開けると小仏は怒鳴った。

「話し合いがうまくいかなかったんで、それで機嫌が……」

イソはガムの入っている口を動かした。

「警察の駐車場だからいってるんだ。だれかが見ている。小仏の相棒は、ならず者のように車のなかで寝そべっているなんていってるかもしれない。おまえは普段から行儀がよくない。ツラがきたないんだから、行儀には気をつけろ」

「ツラが……。おたがいにツラのことはいわないほうが」

警察は、中沢和也をマークしていたか、とイソがきいた。

「いや、被疑者のリストには載っていないらしい」

中沢はきょうにも警察署へ呼ばれ、事情をきかれそうだ。


小仏は、田井町の金沢潤生会病院へ津島妙子に会いにいった。

彼女に声を掛けて白いカーテンの端をつまんでなかをのぞいた。ピンクの地に青い縞(しま)のパジャマを着た彼女は、ベッドの上へ正座した。

彼は、中沢は見舞いにくるかを彼女にきいた。

「はい、何度も」

そういった声は寂しげで弱よわしかった。彼女は夫同然の中沢のすごしかたを想像していそうな気がする。

「あなたは、中沢さんがいつも身に付けている物をご存じでしょうね」

小仏はベッド脇へ椅子を寄せた。

「彼が身に付けている物……」

彼女は小仏の質問にとまどったように首をかしげた。

小仏は黙って、彼女のやつれた顔を見ていた。

「身に付けている物って、なんでしょう」

「生活用品でない物」

「タバコにライター。……あ、思い出しました。折りたたみのできる小型のナイフを持っています。トラックの荷造りなどのときに便利だからといったことがありました。

小仏さんはどうして中沢が身に付けている物のことを……」

彼女は小仏の顔を見て目を見開いた。

「ある学生が、夜間に、火災に遭った桑山病院のすぐ脇と、それから、この病院のすぐ近くで、男が手にした刃物で怪我をさせられているものですから」

「刃物を持った男は、中沢ではとでも……」

彼女は手を頰にあてた。

「もしかしたらと疑ったのです」

「なぜ中沢ではと疑ったんですか」

妙子が入院していた桑山病院へ、火を放とうとしていた可能性があるなどとはいえないので、学生と小競り合いでもしていたのではと、曖昧な答えかたをした。

「中沢は、なにか気にさわることでもあって、学生といい争いをしたのかもしれませんが、ナイフを取り出したりはしないと思います。もしも中沢が、ナイフを取り出したのだとしたら、小競り合いどころか、もっと重大なことでも……」

彼女はそれ以上は口に出せないとでもいうように、両手で頰をはさんだ。

小仏のポケットで電話が鳴った。彼は妙子のベッドからはなれて窓辺へ寄った。電話は安間からだった。

「金沢中署は、会社にいた中沢和也を署へ連れていこうとしたんだが、彼はトラックの陰で若い男と話していたらしい。刑事が中沢に近寄ると、若い男は逃げるように去っていったというんだ。小仏には、若い男がだれなのか分かるか」

「若い男は何歳ぐらいだったのかな。二十歳見当だったとしたら、熱海の晴遊閣の社員の川名進一だと思う。中沢和也は川名進一の実の父だ。進一は家出して、行方不明だが、彼は実父の中沢に会いにいったものと、おれは端からにらんでいた」

「川名進一は、中沢和也に会いにいっただけなのか」

「そうだと思うが……」

安間は最悪の事態でも想像したのか、小仏に進一の行方をさがす必要があるといった。小仏はもとよりそれを承知している。そもそも金沢へやってきたのは、進一をつかまえるのが目的だったのである。

中沢を任意同行するために金福陸運へいった金沢中署の刑事は、中沢に、「いま話し合いをしていた若い男は、だれか」ときいた。すると中沢は、「初めて会った男です。トラックに関することをきかれたので、説明してあげていたんです」と答えたという。

金沢中署は中沢和也の所持品のなかに折りたたみ式のナイフがあったので、それの使用目的をきいた。

「荷造りのさい、縄を切ったりするためです」

中沢はそう答えたが、鑑識が精しく検べた。血痕が検出されるのを期待したが、ナイフを最近砥石で研いだ跡が鮮明だった。ポケットナイフを研ぐ人は珍しい。それは血痕を消す目的だったのではと、逆に疑いを深めた。

学生の河井尚之に捜査協力を求めて署へ招き、取調室の椅子に腰掛けている中沢和也をミラー越しに見せた。河井は何者かに腕を二度にわたって切りつけられた被害者だ。その犯人の男を、「上背があって、長身のわりに顔が小さかったような気がする」といい、学習塾と桑山病院のあいだの路地で出会ったときは、帽子をかぶっていた、と記憶を語った。

河井には先入観を与えず、いきなりミラーの前へ立たせて、「知っている男か」ときいた。すると河井は、ミラーに顔を近づけ、「私の腕に怪我をさせた男ではないような気が……」

といって首をかしげた。

捜査員は中沢の声をきかせた。

「ナイフを持って、私に躍りかかった男は、なにもいわなかったようでした」と、ミラー越しに河井は中沢を見つめていた。

中沢は、常時、ナイフをポケットにしのばせていたようであることから、河井を切りつけた犯人にちがいないとみたが、たとえば桑山病院を焼く目的で学習塾に放火したといった証拠を見つけることはできなかった。たのみは、河井の記憶だったが、首実検の結果は成功とはいえなかった。第一、河井が中沢らしい男と出会った場所が暗がりだった。中沢が履いていた靴と、現場から採取した足跡を照合したが、合致しなかった。毛髪も拾って照合したが、合致したものはなかった。したがって、中沢を泳がせて、彼の行動を監視することにした。

桑山病院と金沢潤生会病院には、妻同然の津島妙子が入院していた。中沢は週に一度ぐらい彼女を見舞っていた。したがって彼が二か所の病院の近くにいてもそれは不自然なことではない。

金沢中署の捜査員たちは歯ぎしりしたが、中沢をふたたび署に呼ぶことはしなかった。

第五章　金沢夜曲

1

雨あがりの夕方、トラックを洗っている中沢和也を、駐車場の隅にとめた車のなかから見ていた。中沢は、ホースとブラシを持ってタイヤの泥を洗い落としていた。彼は洗車を終えると、車庫の前の丸椅子に腰掛けて、タバコをくわえた。なにを考えているのか、西のほうへ流れている白い雲を眺めるような目をしている。

小仏は車を降りると、ゆっくりとした足取りで椅子に腰掛けている中沢に近寄った。

中沢の前に立って、軽く頭を下げた。

「東京からきて、何日も金沢にいるようだが、探偵さんは暇なんですね」

中沢は口をゆがめた。

「おととい、あなたに若い男が会いにきましたね」

中沢は返事をせず、小仏をにらんだ。身構えるような表情もした。

「その青年は、名乗ったでしょうね」

「名をきいたが、忘れた」

「川名進一と名乗ったのでは……」

「そんな名だった」

「川名進一さんは、なにを話しにきたんですか」

「話しはじめたところへ、警察の人がきたので、彼は去っていきました。あんたは小仏さんとかいったが、なにを調べに金沢へきているんですか」

「きわめて重大なことを調べるために、何日も滞在しているんです」

「ほう。どんなふうに重大なんです」

中沢は、赤いライターをもてあそんだ。

「あなたに関係のあることです」

「おれに関係……。どんなことなんだ」

「おととい、ここへあなたを訪ねた川名進一さんは、あなたの子どもじゃないか。産んだのは皆川冬美さんだ。進一という名は、あなたが付けたんじゃないのか。二十年も前のことだから忘れてしまったこともあるだろうけど、皆川冬美と進一の名は、頭の隅に焼きついていたと思う」

小仏は言葉に力を込めた。

「二十年も前のことを。……いちいち憶えていないけど、なにが、どうしたっていうの」

中沢は、火のついていないタバコを指にはさんで目を瞑った。どこかが痛むのをこらえているようにも見えた。

彼は目を見開くと目尻を吊り上げて、

「帰ってくれ。だれに頼まれてきたのか知らんが、あんたの話をきいていたくない」

中沢は野太い声を出した。

「私は、進一さんの居場所を知りたい。どこに滞在しているのかを、きいていますか」

「知らん。きいていない」

中沢は地面を蹴るような音をさせて椅子を立つと車庫の奥へ消えていった。

次の朝、食事のあと小仏とイソは、ホテルのロビーで新聞を読み終えた。二人が金沢へきた目的は川名進一の行方をさがすことだった。進一は中沢和也に会って、なぜ母と自分を置いて金沢へもどったのかをきくつもりでいるにちがいなかった。進一は中沢の母親に、彼の住所をきいているので、そこを訪ねるが、勤務先の金福陸運へもいくだろうと思われた。

「きょうは日曜。中沢は住居のかずらのマンションにいると思う。ひょっとすると、ゆうべは女に会ったかも」

中沢はまだ寝ているかもしれない、とイソがいったので、かずらのマンションへいくことにした。

「おれには、日曜も祝日もない」

イソは、ハンドルをにぎると口をとがらせた。

「おまえ、休みたいのか」

小仏は前方を見たまままいった。

「休みたいんじゃなくて、週のうち一日は休むのが当たり前なの。最近は、どこの会社も毎週、土、日を休むのが常識になってるじゃないの」

「そうか。じゃきょうは休め。おれには休んでいられない使命があるんだ」

小仏は車をとめさせた。

「急になにをいうの。きょう休みたいなんて、おれはいっていないじゃない。所長は黙って、目を瞑ってて。……極端なんだよ、いうことが。人に好かれないでしょ」

かずらのマンションが見えた。なぜなのか小仏の目にその建物は黒っぽかった。

マンションの前を通過した。なぜ通過したのかというと、出入口をふさぐようにパトカーと黒い乗用車が二台とまっていたからだ。乗用車も警察の車両のようだ。

マンションの出入口から三十メートルほどはなれたところへ車をとめて、出入口をにらんだ。黒やグレーの上着の男が三人マンションを出てくると、額を突き合わせるようにして話し合っていた。灰色の乗用車がやってくるとパトカーの後ろにとまった。鞄(かばん)を手にした二人の男がマンションへ入っていった。

「事件が起きたらしいな」

小仏がいうと、イソはうなずいて警察車両を見つめた。

見憶えのある男が出てくると、ノートを手にして三人の男たちと立ち話をした。見憶えのある男は金沢中署の牛込だった。

小仏は車を降りると牛込に近づいた。

「事件ですか」

「ああ、小仏さん」

牛込はいうと、小仏の上着の袖を引っ張った。パトカーの横へ移動した。

「事件ですね」

小仏がきいた。

「殺人(コロシ)の可能性があります。被害者は小仏さんが関心を抱いていた中沢和也です」

「中沢が……」

「胸に出刃包丁が刺さったままになっているんです。いま鑑識が精しく検べています」

きょうは日曜だが、食品を京都へ運ぶことになっていて、中沢と助手は臨時出勤の予定だった。助手が出社して中沢の出勤を待っていたが出てこない。それで電話したが電源が切られていた。助手は不吉な予感を覚え、会社の当直者に断わって、中沢の自宅へ駆けていった。部屋のドアを叩いて声を掛けたが、応答がなかった。

助手はますます不安を覚え、マンションの家主に知らせた。家主は中沢の部屋の合鍵を渡してくれたので、ドアを開けて部屋をそっとのぞいた。窓ぎわの部屋が寝室だろうと思われたので、声を掛けながら戸を開けた。

中沢は眠っているようだったが、毛布をかぶっていた。名を呼んだが返事はしないし、微動だにしなかった。助手は目まいがするような不吉を感じ、毛布の端をそっとめくった。と、中沢の蒼黒い顔があらわれた。その顔を見た瞬間、死んでいると直感した。すぐに部屋を飛び出ようとしたが、毛布の胸が不自然にふくらんでいたので、毛布の端をつかんでめくった。なんと、中沢の胸には木製の物が立っていた。なにが起こっていたのか、そのときの助手には分からなかった。彼は会社に電話して、「中沢さんがベッドのなかで死んでいる」と伝えた。「死んでいるって分かったのか」と当直係にきかれた。「まちがいなく死んでいます」と、助手は声を震わせた。

「まちがいなく死んでいるのなら、警察に報せなくては」当直係は一一〇番へ掛けて、かずらのマンションの二階の部屋の変事を伝えた。

パトカーの警官が現場へ駆けつけ、目を開けたまま死んでいる男の毛布をめくった。助手が見た木製の物は、出刃包丁の柄であった。出刃包丁は、身長一七六センチの男の胸に垂直に刺さっていた。パトカーの警官は、「殺人」を直感した――

マンションの部屋では目下、鑑識が遺体の状態や部屋のもようを検べていると牛込はいって、二階へ顔を向けた。

「殺人ですか」

小仏は牛込にきいた。

「殺人にまちがいないでしょう」

「中沢には愛人がいます。その女を部屋に招んだ可能性は……」

「それも調べますが、夜中に鍵を使って部屋に入ることができた者が一人います」

「えっ……」

小仏は首をかしげたが、「そうか」とすぐに気付いた。金沢潤生会病院に入院中の津島妙子だ。

彼女は、中沢とは夫婦同然の暮らしをしていたのだから、マンションの部屋の鍵を持っていただろう。彼女は中沢に愛人がいることを知っていたかもしれない。思い出したように病院へ見舞いにくるが、それは自分の身を繕うためで、愛情など微塵もなくなっているのを知っていた。夜がきて部屋の灯りが消されると、悶々として眠れない日がつづいている。それに自分は丈夫でない。いったん病状が改善してもまた入院治療を受けることになりそうだ。それを思ったとき、急に中沢が憎くなった。その憎さは尋常でなくなった。自分がどうなってもいいと思ったときの真夜中、中沢が高いびきをかいているはずのかずらのマンション二階の部屋のドアに鍵を差し込んだ——

この推測を裏付ける情報が入ってきた。昨夜の零時近くにタクシーが金沢潤生会病院の近くから野町四丁目まで女性を送った。その女性は帽子をかぶって、ガウンを着ていた。

Tタクシーからも情報が入った。昨夜の午前一時十分ごろ野町四丁目から金沢潤生会病院の裏側付近まで女性を乗せた。その人は鍔のある帽子を目深にかぶり、ガウンを着ていた、と運転手は記憶していた。

金沢中署は、中沢和也殺し事件の捜査本部を立ち上げると、女性刑事を二人加えたチームで金沢潤生会病院へ赴き、入院中の津島妙子に会い、昨深夜、野町のかずらのマンションへいったかをきき質した。

彼女はベッドの上に正座し、「マンションの部屋へ入るとすぐに台所から、出刃包丁を抜いてにぎり、酒臭い息を吐いて眠っていた和也の胸に、出刃包丁を突き刺しました」と自供した。彼女を署へ連行して、「中沢和也さんをなぜ殺したのか」をきいた。すると三十八歳の彼女は一言、「前途が真っ暗でしたので」とだけいった。

2

川名進一は、テレビか新聞で、中沢和也が殺された事件を知ったような気がする、と小仏はイソにいった。

「進一は、実の父の中沢からききたいことが山ほどあったような気がする。それができなくなったので、彼はいまごろどこかで悔しがっているだろうな」

小仏は、二十歳の青年の顔を想像した。

進一は、実の母である皆川冬美の顔も知らないだろう。彼は育ての親となった川名沙矢子から冬美についての記憶をきいていたにちがいない。

中沢は、冬美が死んだことを知っていただろう。進一は中沢に会って、「母の顔を憶えているか」ときくつもりでいたのかもしれない。

小仏は、金沢中署で牛込刑事に会った。

逮捕した津島妙子は、中沢和也を殺害したことをすぐに認めたが、どんなことを自供したかをきいた。

「桑山病院で火災が発生したとき、宿直の看護師が病室へ飛び込んできて、『避難して』と大声で叫びました。入院していた三人は金沢潤生会病院へ運ばれましたが、次の日、桑山病院の火災は放火だったらしいときききました。それをきいた瞬間、火をつけたのは中沢にちがいないと直感しました。……彼に焼き殺されるくらいなら、いっそ自分が彼の息の根をとめてやろうと考えたんです」

と、取調官に蒼い顔を真っ直ぐ向けて供述したという。

それから妙子はこうもいった。

「中沢にとってわたしは厄介者になっていたんです。彼は週に一回ぐらいわたしを見にきていましたが、それは、お医者さんや看護師さんの手前で、わたしの病状を心配してではありません。わたしには、具合はどうだともきかず、黙ってベッドの脇に立ち、十分もしないうちに去っていきました。……わたしが退院してもしばらくは働くことはできないでしょう。痩せて、生気のない蒼い顔の女を想像しただけで、寒気でももよおしていたにちがいありません。……わたしは入院して、彼の本心を知りました。正式の夫婦になるために籍を入れることを考えましたけど、彼からは籍の話は一度も出ませんでした。彼には、家族を持ちたいという意志はまったくないようでした」

　小仏は、川名進一のことを牛込に話した。進一は中沢の子であった。東京に住んでいるときに夫婦同然の暮らしをしていた皆川冬美とのあいだに生まれた子で、現在二十歳になっている。

　その進一は、熱海のホテルに勤務していたが、数日前に家出した。その目的は実父の中沢和也に会うためだったらしい。進一は金沢へやってきて、中沢を訪ねている。中沢とじっくり話し合うつもりで彼に会ったが、そこへたまたま警察官があらわれた。進一は警察官に素性や訪問の目的などをきかれたくなかったので、逃げるようにその場を去っていった。

　現在、進一は、どこでどうしているのか。

「進一は、熱海からいなくなって一週間以上経っている。金沢にいるのだとしたら、どこかで働いている可能性がある。が、彼も中沢和也が殺されたことを知ったにちがいない。中沢がいなくなると、彼は金沢にいる意味がなくなった」

　小仏は顎に手をやった。

「熱海へ帰るのかな」

　イソがぽつりといった。

「どうかな。黙っていなくなった人間だ。沙矢子も同僚たちも、彼を信用しなくなっていると思う。……社長が一徹な人だったとしたら、進一をクビにするだろうな。勤めを放り出して、行方不明になるような者を雇ってはおかないよ。……そういえばおまえは、無断で休んだり、行方不明になったりしたことは一度もないな」

「そんなこと、おれがするわけないじゃない」

「そうか。ほかにいくところも、やりたいこともないもんな」

「なんだよ。まるでおれが能なしみたいじゃないの」

　イソは、噛みつきそうな顔をした。

「いきたいところでもあるのか」

「おれは普通の人間だよ。いきたいところはいくつもある」

「どこだ」

「一番は知床半島。歩いて知床岬に立ってみたい」

「二番は」

「沖縄。一週間ぐらいかけて、沖縄の島を歩いてみたい。大戦中、アメリカ軍が上陸したところも見たい。悲惨な歴史が埋まっている場所がいくつもある」

「ほう。沖縄へ一週間ばかりいってきたら、人間が変わるかもしれないな」

「どういう意味……」

「一日中口を動かして、車のなかで、ぐうたら眠っていなくなるかも。だいたいおまえは物を食いすぎる。いつも満腹だと怠慢になって、血のめぐりが悪くなって、機転が利かなくなる。戦時中、日本は食料が不足していて……」

「そうだ。おれには、おふくろと約束したことがあったんだ」

イソは小仏がいおうとしたことを遮った。

「おふくろさんとは、どんな約束……」

「上高地へ、一度連れてってやることにしている。池に枯木の立つ大正池を見せ、河童橋の上から三千メートル級の標高の山を……」

上高地ときいて、小仏には思い付いたことがあった。

熱海の晴遊閣に勤務している川名沙矢子のケータイに電話した。「ただいま電話に出られません」というコールが鳴ったが十四、五分後、彼女から電話があった。

進一は去年、山に登っていないかを小仏はきいた。

「去年……」

沙矢子は記憶をたどっているのか黙っていたが、

「去年の九月か十月に山へ登っています。蝶ヶ岳へ登ったといっていました。蝶ヶ岳という山の名が珍しかったので登ったといっていました」

蝶ヶ岳の山名は、晩春のころ松本方面から、揚羽蝶（あげはちょう）のかたちに残雪が見えるので付けられたといわれていると、進一は沙矢子に語ったという。

その山行で彼は長塀山荘に一泊したにちがいない。蝶ヶ岳登山が目的でなく、長塀山荘に泊まるのを当初からスケジュールに入れていたのだろう。長塀山荘には徳久満輝が管理人として働いているのを知っていたことが考えられる。徳久は、実母の皆川冬美の死亡の原因をつくった男だ。それはどんな男かを、山荘に泊まって、食事の最中にでも観察するのが目的だったような気がする。

小仏は、川名進一が長塀山荘に宿泊したという証拠をつかみたかった。

山荘に電話すると従業員の三木裕子が応えた。去年の宿泊者が記入した名簿はあるかを彼女にきいた。「ある」と彼女は答えた。

その宿泊者のなかに「川名進一」があるかを調べてもらうことにした。

一時間ほど経って裕子が電話をよこした。

「去年と今年の名簿を調べましたけど、川名進一という人が泊まった記録はありません」

「ないか……」

小仏は顎を撫でて電話を切ったが、もう一度電話を掛け直した。

「去年の九月と十月、単独で泊まった男性は何人いますか」

「九月が十人。十月は六人です」

進一には登山でなくべつの目的があった。なので偽名を用いたことが考えられた。

小仏は裕子に、金沢中署のファックスの番号を告げ、去年の九月と十月、山荘へ単独で泊まった十六人の男性が記入した氏名、住所、年齢、電話番号を送信してもらうことにした。

四、五分後、十六人の宿泊者、それぞれが自分で氏名や住所を書いたカードのコピーが送信されてきた。

熱海の沙矢子にあらためて電話した。

「あなたは、進一さんが書いた文字を見たことがありますか」

「あります、何度も。下手な右下がりの小さな字を書く子です。文字を丁寧に上手に書くと、お利口さんに見えるといって、小学一年生のときから、毎日のように教えていましたけど、字は上手になりませんでした」

小仏は単独宿泊者十六人のカードを、晴遊閣へ送信した。

十分としないうちに沙矢子が電話をよこした。

「十六人のカードのなかに上里正男（かみさとまさお）というのがあります。二十二歳で住所は東京の港区となっていますけど、進一の字によく似ています。十月一日の宿泊者です」

沙矢子の感想をきくと小仏は、上里正男のカードに記入してある番号へ電話した。ほとんどの人がケータイの番号を記入しているのに、上里正男の番号は固定電話だ。その番号は使われていなかった。山小屋の宿泊カードにでたらめの番号を書いたのだった。

小仏は沙矢子に、去年十月一日に進一は出勤していたかを確認してもらうことにした。

すぐに返事があって、「去年の十月一日と二日、進一は休日でした」と彼女は答えた。宿泊カードの「上里正男」は川名進一だった可能性が濃厚になった。

彼は蝶ヶ岳へ登りたくて山行に出たのではなかったろう。徳沢と蝶ヶ岳の中間に長塀山荘という山小屋があって、そこで徳久満輝が管理人を務めているのを知ったからにちがいない。

徳久のほうは、成長した進一を知っていただろうか。宿泊した進一は食堂からでも、徳久をじっと見ていたような気がする。

生まれて数か月の進一は、徳久の膝の上で四、五日をすごしたことがあった。徳久は赤ん坊を可愛いと思ったか厄介者と思ったか。

沙矢子の話によると、金沢から疲れきった顔をして帰ってきた冬美は、進一をあずかっていた徳久に対して礼をいったが、礼に反する言葉も吐いてしまったようだ。それをきいた徳久は、熱り立って冬美の顔を殴りつけたらしい。

殺すつもりで殴ったのではなかったろうが、倒れた冬美は頭を打ったらしい。硬膜下血腫でも発症したために、頭痛を訴えたまま二日後に死亡したということだった。

それを進一は沙矢子からきいていたにちがいない。不可抗力の事故ではあったが、進一は徳久を恨んでいたことが考えられる。

徳久のほうも自分の過ちを認めて、さかんに後悔していたことが考えられる。もしかしたら徳久は、沙矢子と共に熱海に住んでいる進一を何度か見にいっているのではないか。成長した進一の姿を見ていたかもしれない。

去年の十月、その進一が長塀山荘に宿泊した。徳久は偶然だろうかと首をひねった。進一は徳久を密かに観察していて、徳久が長塀山荘の管理を務めていることをつかんでいたのではと疑った。それで徳久は、進一が記入した宿泊カードを手に取って見た。氏名は上里正男となっていた。食堂で食事をしている上里正男と署名した青年を、物陰からじっと見つめた。その宿泊者はまちがいなく川名進一だった。単独でやってきて宿泊した彼を次の朝、「お気をつけて」と見送った。

進一は偽名で宿泊した。彼は、川名進一であることを徳久に知られたくなかったにちがいない。なぜなのか。なにかの企みがあるからではないか。

徳久は、進一を送り出した日から、外出のときは気を遣った。後ろを尾けてくる者がいないかと、歩くたびに振り返った。

だが何事もなく年が変わり、また登山シーズンがはじまった。長塀尾根の雪はなかなか消えなかったが、森林帯にひっそりと建つ山小屋を好む登山者が、静かに夜をすごしては去っていった。

五月十二日の午後三時少しすぎである。若い声の男が山荘へ電話をよこし、「上野洋一郎」だと名乗り、到着が午後五時半ごろになりそうだが、「夕食の準備があるでしょうから」と気遣いを口にした。

午後五時半すぎ、冷たい風が木々をゆするようになったが、上野洋一郎は到着しなかった。

徳久は、「外を見てくる」といって、双眼鏡を首に掛け、ジャンパーを着て、まだ明るかったが万が一にそなえてライトを手にして、山荘の外に立った。森林帯に夕靄(ゆうもや)が立ちこめたなかを、単独行の若者が坂道を踏んできた。徳久はその登山者を双眼鏡でとらえた。若者の顔を見たとたんに身震いを起こした。去年の十月、上里正男という偽名で一泊した川名進一だったからだ。進一が今度は、上野洋一郎という偽名で泊まろうとしていた。ただ泊まるだけではなさそうな気がした。前回は偵察だったが、今回は重大な行為を計画してやってきたものと徳久は推測した。二度にわたって偽名を用いているのだから、企ては重大だと感じ取った。

身の危険を感じた徳久は、山荘を捨てて逃げることにしたのではないか。あるいは、息を切らして坂道を登ってきた若者に、「あんたは川名進一じゃないか。なぜここへくるたびに偽名を使うのか」ときいたか。もしかしたら徳久と進一は、取っ組み合いになったのではないか。進一が本名を隠していたということは犯行の計画があったからにちがいない。したがって凶器を携えていたことも考えられる。取っ組み合いのすえ、どちらかが死んでしまったか。それなら山荘の付近から遺体が見つかるはずだ。

山岳救助隊は、松本、安曇野両署に応援を求め、最悪の事態を想定して山荘の付近を捜索した。が、人が争ったような跡さえも見つけられなかった。

二人とも長塀尾根から姿を消したが、どこでどうしたのかという謎だけが残り、二人の足跡をたどることはできなかった。

長塀山荘から徳久がいなくなったので、急遽（きゅうきょ）、柴田はつ枝は兄に勧めてもらうことにして、連日、宿泊客を迎えている。その後、徳久満輝の消息に関する知らせは入っていないし、上野洋一郎の名で泊まるはずだった男がどうなったかも分からずじまいのままであるという。

3

松本署は、五月十二日に不審を抱かせるような行動の宿泊者がいなかったかを、梓川沿いのホテルや山小屋に照会していた。

すると、河童橋から梓川右岸沿いの下流約百五十メートルのホテル白糸荘（しろいとそう）に、夜八時ごろ、「泊まれますか」と入ってきた男がいた。四十代半ば見当で、毛糸の帽子をかぶり黒い革ジャンパーを着て、首に双眼鏡を吊っていた。靴は白いスニーカーだが、それはひどく汚れていた。鞄もリュックも持っていないが、手には赤い色のライトをにぎっていた。

空室があったので、宿帳に署名をしてもらった。男は寒さに震えているような手つきで「木下直則（きのしたなおのり）　四十四歳　東京都品川区北品川四丁目道草荘」と記入した。

従業員が部屋へ案内しようとすると、「食事をしたい。どんなものでもいい」といった。夕食を摂（と）っていなかったのだと従業員は察知し、食堂へ案内し、味噌汁（みそしる）と野菜の煮物を温め、ご飯を山盛りにして出した。彼は従業員に礼をいって、一気に食事を終えた。食べ終えると酒の自動販売機を見て、カップ酒を一本買って、部屋へ入った。

木下は翌朝、七時半ごろ朝食を摂ってホテルを出ていった。手にしていたものは、双眼鏡と赤いライトだけ。上高地へ観光に訪れた人の服装には見えなかった。白糸荘の従業員たちは不審を抱いたが、なにもきかずに木下を送り出した。

後日、その男のことを聞き込んだ松本署員は、木下直則と宿帳に書いたのは、徳久満輝だったろうと推測した。従業員に体格をきいた。長塀山荘から取り寄せた徳久の筆跡と照合した。

徳久は、上野洋一郎と電話で告げた若い男の到着を長塀山荘の外に出て待っていた。

双眼鏡は坂を登ってくる若い男をとらえた、と、その男はなんと川名進一だった。徳久は偽名を使った進一を危険な人物とみて、山荘へ迎え入れず、樹木のあいだをくぐって下山したことが考えられる。進一のほうは、逃げるように坂を下っていく徳久を見たのではないか。下っていく徳久を進一は追ったが、追いつけなかったのかもしれない。

その日、長塀山荘へ宿泊しなかった進一はどうしたのか。山を下り、梓川沿いの山小屋か上高地のホテルに泊まったのだろうか。松本署は考えられる範囲の宿泊施設に進一に該当しそうな男の宿泊を照会したが見あたらなかった。

彼は夜通し歩いて里へ出たのだろうか。それともトンネルのなかなどで、夜明けを待ったかだ。

以後、松本署は毎日、長塀山荘へ、徳久がもどってきたかを問い合わせていたが、彼の消息はぷつんと切れたままだった。

一方、上野洋一郎と名乗った若い男は、川名進一ではないかとみて、勤務先である晴遊閣へ問い合わせた。と、川名進一は五月十二日に無断で寮を出ていったらしく、以後なんの連絡もないということだった。

晴遊閣には進一の義母である川名沙矢子が勤務していることが分かったので、熱海署に失踪前の進一のようすをきいてもらった。進一には別段変わった面はなかった、と沙矢子は答えたという。母親である彼女は、進一が警察からなんらかの事由で追及されるのを嫌って、かばっていることが考えられたが、熱海署員は彼女に、進一が長塀山荘を訪ねようとしたらしいことや、徳久と同じように行方不明になった理由を深くはきかなかった。

進一はなぜ、偽名を使って長塀山荘に泊まろうとしたのか。イソは小仏がどうみているのかをきいた。

「川名沙矢子は、徳久満輝とは同郷の出身だし、親しい間柄だった。だから彼女は徳久の日常をある程度知っていた。……ところがあるときから彼女は、徳久に疑惑の目を向けるようになったんじゃないかと思う」

小仏は、頭上をゆっくり流れる白い雲を見ながらいった。

「疑惑の目。いったいどうして」

イソは、鼻毛を引き抜いた。

「十九年前のことだ。徳久は京都から東京へ移転すると、品川区の二輪荘というアパートに住んでいた。そのアパートの隣室には今宮靖光という独身男が住んでいた。その今宮は、徳久の郷里の親不知の近くで、何者かにバット状の凶器で叩き殺された。それまでの今宮には、越後の糸魚川や親不知にはまったく縁がなかったらしい。そういう者が徳久の郷里で事件に遭った。……沙矢子は、今宮がどうして殺されることになったのかは知らないと思うが、その事件には、徳久が絡んでいそうだとみるようになったんだと思う。……それから、今回、進一の家出と行方不明という重大事に出合って、進一が宿泊しようとしていたらしい長塀山荘には、徳久が管理人を務めていたことを知って驚いた。進一が長塀山荘を訪ねようとしたのは二回目。進一は二回とも偽名を使うつもりだった。なぜかというと、進一は、実母の皆川冬美が死亡する原因をつくった徳久に少なからず恨みを抱いていた。それで密かに徳久の身辺を嗅いでいたんじゃないかと思う」

「進一は、長塀山荘へ偽名で泊まらなくてもよかったとおれは思う。川名沙矢子の息子が泊まりにきてくれたなら、よろこぶべきことじゃない」

「進一は、徳久のことをさぐろうとしていたんだと思う。親不知の事件を持ち出してみようと思ってたかもしれないが、それには危険がともなう。だから偽名と偽の住所を使ったんだ」

「偽名の進一は、長塀山荘の管理人に向かって、『あんたは、十九年前の親不知の殺人事件に関係があるね』なんてきけないと思う。進一は親不知の事件を口に出すつもりだったただろうか」

「それは口に出せなかったろう。去年は、徳久がどんな人間かを観察するつもりだったと思う。それから、徳久の写真が欲しかったんじゃないかな。……今回は、そっと親不知事件に触れ、徳久の反応を見たかったんじゃないかと思う」

「今宮を殺ったのが徳久だとしたら、進一の行為は危険だった」

イソはそういってから目を瞑った。なにかを考えているらしい。

「進一は去年、本名を隠して長塀山荘に一泊して蝶ヶ岳に登ったらしい。徳久は、進一が偽名を使ったのを見抜いていただろうか」

イソは首をかしげた。

「見抜いたと思う。徳久は京都から東京へ移転してからも沙矢子に会っている。沙矢子と進一の実母の皆川冬美とは親友だった。冬美が死亡してからも徳久は沙矢子に会っている。沙矢子は進一を自分の子にしたことを徳久に話していただろう。徳久は、成長してからの進一を見たことがあったと思う。そのことを進一は知らなかったんじゃないか。だから去年の山行では偽名で泊まった。進一には徳久を観察する意志があったからだろう」

「生後七、八か月のとき、進一は四、五日、徳久の膝にのっていた。彼はそのことを沙矢子からきいていた。長じて進一は、あるときから徳久に疑惑の目を向けるようになった……」

イソは首をかしげたまま前を向いていった。

小仏も首をひねった。進一が長塀山荘へ偽名で泊まった。徳久は、なぜだろうかと考えた。進一はなにかを企てていると危険を察知したのではないか。進一が二度にわたって偽名を使った理由は、徳久に危害を加えるためだと読んだものにちがいない。危害は暴力ではなく、徳久の過去の犯罪の糾弾ではないかと身構えた。徳久は、長塀山荘に泊まった進一に、「あなたは、十九年前の十月の日曜日に、親不知にいましたね」といわれそうな気もしたからではないか。進一はだれかから、「徳久が、十九年前の十月の日曜の深夜、住居の二輪荘へ帰ってきたのを目撃した」ときいたのではないか。その日の徳久は、「午前中寝ていて、午後は魚釣りにいった」と警察官の尋問に答えているらしいが、それは嘘。身支度も足取りも遠方から列車で帰ってきたものだった、ときいていた。それをきいたときから進一は、いつかは徳久の首を締めてやろうと計画していた。

徳久の嘘を見抜いたのは沙矢子だったのではないか。今宮靖光が殺された事件の発生地は彼女の郷里でもあった。彼女は、徳久が住んでいたアパートの隣室者の今宮を知っていたとしてもおかしくはない。その人がそれまでは無縁だった親不知で殺された。そういう事件に彼女が関心を持たないわけはない。だから今宮が殺されたのを知ったときは、跳び上がるほど驚いた。そのことを彼女は進一に話した。話したことを忘れて、何度も話していたかもしれない。

徳久は、進一に恐れをなして、長塀山荘を放り出して逃げたことが考えられる。が、山を下った進一はどうしたのか。彼は偽名の上野洋一郎で泊まってもよかったではないか。行方を絶って二十日間も経過しているのに、なんの連絡もないらしい。もう熱海に帰る意志を失くしているのか。母親と離別してもやらなくてはならないことでもあるのだろうか。

小仏は、進一の行動を推測した。五月十二日の夕方、森林帯の斜面を滑りながら下っていく徳久満輝を樹木のあいだから見ていた。それはひどくあわてている姿に映った。

進一は徳久を追いかけることにした。自分の姿を双眼鏡でとらえたので、危険を察知して逃げたとは思わなかった。山荘内で揉めごとでも起こしたのではないか、と勝手な想像をした。そこで進一は徳久を追った。ところが追いつけず、梓川の岸に着く前に見失ってしまった。

徳久のほうは梓川左岸に下り着くと、河童橋方向へと走った。橋を渡ったときは暗夜になっていた。右岸の道を駆けてホテル白糸荘に飛び込み、「泊まれるか」と従業員にきいた——

徳久は、カップ酒を一本持って部屋に入ったというが、すぐには寝つけなかったことだろう。森林帯を登ってくる川名進一の姿が蘇って、身震いがおさまらなかったのではないか。

4

小仏は、熱海の晴遊閣へ川名沙矢子に会いにいった。

応接室へ通されたが、沙矢子はなかなかあらわれなかった。

「お待たせして、申し訳ありません」

彼女は二十分あまりしてあらわれた。一週間ほど滞在する予定の客が突然体調をくずした。それで医師を呼んだりしていたのだと、待たせた理由をいった。

「お忙しいところを、申し訳ありません。私の用事は、進一さんに関することです」

小仏は、椅子から立ち上がっていった。

沙矢子は、分かっている、というふうに頭を下げた。

進一から連絡があったかを小仏はきいた。

「いいえ、なにも……」

彼女は鼻にハンカチをあてた。

「あなたは、徳久さんが、長塀山荘の管理人をやっていたのを、知っていましたか」

「知りませんでした。徳久さんは、大東物流センターを辞めてから、一度だけ手紙をくれました。その手紙には住所が書いてなくて、信州のスキー場で働いていると書いてありました。あるとき何年も前のことを思い出したので、手紙にしたのだと思います。わたしとは連絡を取り合っていませんでしたが、わたしがこのホテルに勤めているものと思っていたのでしょうね」

「その手紙の内容を憶えていますか」

「進一君は、小学生になったと思うが、元気かと書いてありました。それから……」

なにを思い出してか、彼女は横を向いた。

「徳久さんは、進一さんのことを憶えていたんですね」

「母親が亡くなった原因を憶えていたので、進一のことも気になっていたのでしょう」

その進一は行方不明だが、なにをしていると思うか、と小仏はきいた。

沙矢子は眉を寄せると、

「お金をいくらも持っていなかったと思います」

といってから、進一の預金通帳を見たことがないといった。だが働きはじめて何年も経っていないのだから、預金の額は知れたものだろうと小仏は想像した。

沙矢子は顔を伏せると急に泣きはじめた。

小さい唸(うな)り声をきかせた。顔をおおったハンカチのなかで、「毎晩、仕事を終えて寮に帰ると、進一の寝顔を見てから……」といって、また低く唸った。進一の幼いころを思い出したにちがいない。

徳久を問いつめるつもりの進一は、沢渡(さわんど)あたりから島々(しましま)あたりで徳久を待ちかまえていたような気がする。進一にとって徳久は憎むべき人物だった。実母の冬美の死亡原因をつくった男だし、今宮靖光を親不知で叩き殺した男だとにらんでいた。

徳久のほうは、進一がどこかで待ちかまえているかもしれないのを予想して、飛驒(ひだ)街道を島々へ下らず、野麦(のむぎ)街道や木曾(きそ)街道を伝って、岐阜県の高山(たかやま)へ抜けたことも考えられる。要するに進一は、徳久をつかまえることができなかったのだろう。

二人はどこかでそれぞれ職に就いて、食いつないでいるにちがいなかった。

「徳久さんは、たびたび職を変えて、住むところも転々と変えていたが、山小屋の管理人として真面目に働いていたようです。進一さんは偽名を使って徳久さんに接近しようとした。徳久さんに対してなにかをしようとしていたようです。それはなぜでしょうか」

小仏は、涙を拭(ぬぐ)った沙矢子にきいた。

「進一は、徳久さんのことを、隠しごとをしている狡(ずる)い人間だとみていました。表面は真面目そうだが、それは隠しごとを暴かれたくないからだといったことがありました。潔癖症の進一はそれが許せなかったようです。進一は、いつかは徳久さんがやったことを暴露してやろうと考えていたんじゃないでしょうか。それで、山荘に偽名で泊まって、徳久さんの弱点みたいなものを見つけようとしていたのだと思います」

「徳久さんの隠しごとというのは、十九年前の親不知の殺人事件のことですね」

「そうです。……今宮という人はたしかに質(たち)のよくない人で、他人の弱味につけ入って、強請(ゆす)ったり、たかったりした。そういう人が憎かったのでしょうけど、殺すことはなかった。わたしは親不知の事件が起きたあと、徳久さんの顔を見て震え上がったものでした。同時に冬美さんが殴られたときのことを思い出して、もしかしたら徳久さんは、冬美さんが死んでもいいという思いを込めていたんじゃないかとも思いました」

沙矢子のそういう思いが、知らず知らずのうちに進一にのり移っていたのだろうか。進一は、結婚したことのない沙矢子の教育を経て育った人間だ。彼女は一途(いちず)で融通の利かない女性なのではないか。今宮事件は、徳久の犯行だと信じているのに、それを暴露していない。なにか一物を抱いているように小仏には映った。

事務所へもどると警視庁の安間から電話が入った。

「小仏は、若松順策というルポライターを知ってたか」

「知らない。その人がなにか……」

「何日も前に殺されていたんだ。仏さんはきょう発見された。あすの朝刊には載ると思うが」

「なにがあって、殺されたんだ」

「若松順策さんはおもに週刊誌の仕事をしていた。彼は最近、北アルプスの山小屋からいなくなった徳久という管理人の変事を知って、その男の身辺を嗅いでいたらしい。調べると徳久が新潟県の糸魚川出身だということをきいて、その土地を訪ねた。それに若松さんは徳久という人と同じ会社に勤めていた時期があったらしい」

「まさか、糸魚川で殺されたんじゃないだろうな」

「そのまさかだ。殺害された現場は親不知だ。小仏が訪ねたことのある場所じゃないか」

「おれが追いかけてる事件と……」

小仏はいいかけたが電話を切った。

耳の穴をほじくっていたイソに、若松というルポライターを知っているかをきいた。

「知らない。ルポライターには知り合いもいないし」

「その人が書いた記事を読んだことがあります」

シタジがボールペンを振りながらいった。彼によると若松順策は、十九歳の女性が四十代の男を殺して、群馬県の山中に穴を掘って埋めた事件を「週刊タッチ」に連載していた。若松は、十九歳の犯人の生い立ちや、家族や、家庭環境や、交友関係を詳しく調べていたという。

小仏は、週刊タッチ編集部へ電話して若松順策に関することをききたいといった。

「あなたは、どういう方でしょうか」

女性が応答してきいた。

「私は、以前、警視庁捜査一課で捜査員を務めていて、現在は探偵事務所をやっています。警視庁からの依頼で、複雑な事件を調べたこともありますし、目下のところ、北アルプスの長塀山荘の管理人が行方不明になっている事件を……」

突然、電話は男の声に変わった。

「私は、編集長の野尻(のじり)です。あなたは、若松順策さんのお知り合いですか」

と、少し早口できいた。

「若松さんの知り合いではありません。じつは私は、長塀山荘の管理人の素行をさぐっていた者です」

「それでは、若松さんと同じことを……」

「私は警視庁の依頼で動いていました」

野尻編集長は小仏に会いたいといった。

小仏は、すぐに大手出版社である神田神保町の金景社を訪ねることにした。

「車より電車のほうが早いよ」

イソがよけいなことをいった。

小仏はイソをひとにらみすると、ショルダーバッグを肩に掛けた。


金景社は、紫色をまぜたような灰色の八階建てのビルだ。入口には各編集部の案内板が出ていた。週刊タッチ編集部は二階だった。階段横の壁にはベストセラーの小説の広告が貼ってあった。

小仏ほどではないが、わりに体格のいい四十代半ば見当の野尻編集長は応接室へ招いた。

「若松さんからは半月ほど前、ペラ二十枚ほどの手書きの原稿がファックスで送られてきました。彼は、長塀山荘から姿を消した管理人の話を耳に入れて、なぜいなくなったのかを調べに現地へいっていたようです。山荘へ到着するはずの登山者が到着しないので、管理人の徳久という人はそれを心配して外へ出ていった。だが、それきり山荘にはもどらないし、到着するはずの登山者もやってこない。二人になにがあったのか、山荘の付近からはなんの痕跡も見つからない。この不思議な出来事に若松さんが関心を持ったのは、何年も前に若松さんは、品川区の大東物流センターに勤めていたことがあって、徳久という人とは同僚だったんです」

「元同僚なので、若松さんは徳久という人の失踪に関心を深めたということですね」

小仏はノートを手にした。

「私は、徳久さんという人の行方をさがす記事を、週刊誌に載せるつもりでした。それで次に届くだろう原稿を待っていたが、若松さんとの連絡はぷつりと跡絶えてしまいました。電話を掛けても通じないので、不吉な思いを抱えていました」

と昨日、若松順策が死亡していたという情報が入った。若松は、日本海を眺められる親不知の広場脇の草むらから遺体で発見された。遺体の近くで鞄が見つかり、そのなかには週刊タッチの記名入りの原稿用紙が入っていたし、書きかけの四枚の原稿も入っていた。取材に使っていたらしいノートもあったので、糸魚川署は、ノートや原稿をつき合わせた。

若松は徳久と交流のあったらしい何人かと会っていたようだが、糸魚川署は会っていた人を特定することはできずにいるらしい、と野尻はいった。

「徳久満輝という管理人は、月に一度だけ休みをとって、二日間山を下っていたようです。安曇野や松本には親しい人はいないようでしたから、どこかべつの土地へいっていたことが考えられます。糸魚川署は、毎月の二日間の休みをどこですごしていたのかにも関心を持っているようです」

　小仏も、野尻のいった徳久の二日間の休日に関心を持ち、ノートに控えた。

「若松さんは、十九歳の女性が、四十代の男を殺して群馬県の山中に穴を掘って埋めた事件を追って、それを書いたそうですが、それ以外には」

　小仏がきいた。

「今年の四月、長野県の農家の三十代の主婦が夜間、轢(ひ)き逃げに遭って亡くなりました。主婦の夫と小学生の男の子は毎晩、轢き逃げの犯人をさがしています。犯人はどこへいくつもりだったのかを知るために、若松さんは、夫と男の子と一緒に夜道を歩いていました。この記事は感動的で、何人かの読者から感想の手紙をいただきました」

「その記事を私も読んだ記憶がありますが、書いた人は忘れました。轢き逃げの現場はたしか北のほうだったようですが」

「小谷(おたり)村の国道一四八号です」

第六章　黒い流星

1

小仏は事務所にもどると長塀山荘に電話した。従業員の三木裕子が応えた。

「徳久さんは毎月、休みをとって山を下っていたそうですね」

「はい。いつも二日間休んで、休みの日は朝早く山荘を出ていきました」

「どこへいくのか、知っていましたか」

「いいえ。どこへいくのかも、どこへいってきたのかも、わたしたちに話したことはありません」

「上高地からは、バスかタクシーを利用していたのでしょうか」

「いいえ。物資の輸送などの名目で自分の乗用車をあずけていたんです」

休日にはその車を運転してどこかへいっていたらしいという。

「その乗用車は、いまは……」

「あずけたままです」

するとき徳久は、長塀山荘へ宿泊すると連絡してきた上野洋一郎という男を双眼鏡で見て危険を察知し、山を下ったのだろう。そのとき彼は登山路をたどらず、徳沢園へも着かなかった。したがってあずけている車には乗らず、梓川に沿う暗い道を後ろを振り返りながら下ったにちがいない。

上高地の白糸荘で一夜を明かすと、バスかタクシーを利用して松本か、あるいは高山へ抜けたようにも思われる。

「よし、あしたは徳沢へいく」

小仏はイソに向かっていった。

「たまには独りで、列車でいってきたら」

「独りだといい知恵が浮かばない。旅にはおまえが必要なんだ」

イソは横を向いた。いつ買ってきたのか透明な容器に入ったピーナッツを口に放り込んだ。珍しいことに、アサオはイソの足元へいって、彼がピーナッツを一粒ずつ口に放り込んでいるのを見上げている。

いつも七時に起床することにしているが、けさは六時少し前に床をはなれた。東京や関東地方はきのう梅雨入りしたというのに、窓には朝陽が当たりはじめた。

アサオが足にからみつき、朝食をねだった。皿に牛乳を注いでやると、音をさせてきれいに飲んだ。

エミコが出勤して、二人分の朝食をつくった。

イソがものもいわずに入ってきて、小仏のほうを向いてあくびをした。

「エミちゃん。三人分をつくればいいのに」

イソは、エミコがテーブルに置いた二人分の皿を見ていった。

「わたしは、あとで」

けさは、トーストと目玉焼きとトマトだ。

小仏とイソは、新聞にざっと目をとおして椅子を立った。電車で新宿へいく。

特急のスーパーあずさに乗って、松本へは午前十時三十八分に到着した。イソは、新宿駅のホームで買った缶コーヒーを飲んだだけで、塩尻（しおじり）までの約二時間を眠っていた。小仏とイソは一言も会話しなかった。

「もう松本か。早いね」

上高地までタクシーに乗った。道路の両側の山肌は萌黄色（もえぎいろ）に見えた。大正池から河童橋まではハイカーの列ができていた。焼岳（やけだけ）がおおいかぶさるような近さに見えた。

河童橋が見えるレストランでカレーを食べた。

「きょうの所長は、せかせかしてるみたいだけど」

「そうだ。これから徳沢へいって、徳久の車を見てから、そのあとどうするかを考えなくちゃならない。もたもたしてると、ここへもどるころには日が暮れてしまうんだぞ」

　イソは水を飲むと、拳で胸を叩いた。

　徳沢へ向かって歩きはじめた。梓川を見下ろしたり、清流の音をきいているハイカーを何人も追い越した。

「所長。帰りには明神池（みょうじんいけ）を見ようよ」

　イソはハイカーと同じだった。

　徳沢園の人に断わって、裏側のガレージに入っているダークグリーンの乗用車に目を近づけた。品川ナンバーの徳久満輝の乗用車だ。ナンバープレートが少しかたむいている。入念に車のまわりを点検したが、疵（きず）らしいものは認められなかった。

　車を四方から撮影すると、長塀山荘に電話した。きょうも三木裕子が歯切れのいい声で応答した。

「小仏さんは、たいしょうの車を見にきただけですか」

「そうです」

「車になにか変化がありましたか」

「いや、べつに……。徳久さんから連絡は……」

「ありません。たいしょうはどこへいってしまったんでしょう。もう二十日以上経つのに」

「山小屋には変わったことはありませんか」

「ありません。宿泊者は毎日ありますし、おとといときのうの宿泊者は六人でした」

小仏は、なにか変わったことがあったら知らせてくれといって、電話を切った。

梓川に架かる明神橋を渡って、明神池のほとりに立った。池のなかの岩のあいだを水鳥が泳いでいる。絵に描いたようだ。まるで箱庭だ。カラマツ林のなかを何人ものハイカーが歩いている。

「松本へもどろう。あすの朝、レンタカーを調達」

小仏はそれだけいうと、イソを置き去りにするように梓川の右岸の木道を下りはじめた。木道は川のうねりに沿ってつづいている。白い石河原では小学生らしい一団が流れを眺めていた。穂高から下ってきたらしい大型ザックのパーティーも下っていった。

上高地のバスターミナルから松本駅までのバスに乗った。夕方近くになると風が冷たくなった。

「あしたは、レンタカーでどこへいくの」

「一四八号線沿いの姫川《ひめかわ》というところの近くだ」

イソはスマホを素早く操作した。

「糸魚川街道の国道沿いに姫川温泉がある。小谷村だね。糸魚川市境の近くだよ」

「そこの富永《とみなが》という農家を訪ねる。今年の四月の夜、富永という家の三十六歳の主婦が、夜間に国道で車にはねられて死亡した。轢き逃げだ。……所轄の大町《おおまち》署は現在も捜査していると思う。……その事件を、ルポライターの若松順策が追っていた。彼は、轢き逃げの犯人さがしでなく、主婦を轢き殺した犯人を見つけ出そうとして、あちこちを歩きまわっている被害者の夫と子どものようすを、週刊誌に書いているんだ」

「富永という人に会いにいくんだね」

「そうだ。母親を失った少年にも会ってみたい」

小仏とイソは、松本駅近くのホテルへ入った。

「馬刺しを食いたい」

イソがいったので、ホテルのフロントで近所に馬刺しを出す店があるかをきいた。女性のフロント係は、同じことをたびたび客にきかれることがあるらしく、私製の小さな地図を出して店を教えてくれた。

その店は、白地に赤い文字の旗を出していた。客は三組入っていて、一組は女性の四人連れで観光客のようだった。

「馬の肉をよく食うのは、長野県と熊本県の人らしい」

小仏は、人からきいたことを話した。

「おれのおやじもおふくろも、群馬県の人だけど、ときどき馬刺しを食っていた」

イソは子どものときから、馬刺しにニンニクを付けて食べていたという。

二人は燗酒を飲んだ。イソは酒が入ると普段より食欲が増すらしく、自家製のソーセージとさざえのスモークと大根のサラダをオーダーした。

「最近の何日間か、ロクな物を食っていなかったんで、今夜の肴は旨いし、酒も旨い。所長は食欲がないの」

イソは、手酌で飲り、なにを思い出すのか何度も笑った。

小仏は、馬刺しを食べ終えると、冷やし温泉玉子と野沢菜漬けで、焼きおにぎりを食べ、燗酒は三杯で上がりにした。

イソにも三杯以上飲ませないことにした。それ以上飲むと、日ごろ鬱屈しているらしい不満を口にし、そのうちに眠ってしまうこともある。仕事で旅をしていることなどとうに忘れ、飲み食いしているだけでは満足できなくなるらしい。

「あしたは長距離を走ることになるかも。飲み食いしてても、仕事を忘れるんじゃないぞ」

「また、説教か。楽しく飲み食いしているときぐらい、ぐずぐずいわないの。所長の悪い癖だ。人に好かれないでしょ」

　小仏は椅子を立つと氷を落とした水をもらって勘定をすませた。イソは嫌いや立ち上がったが、靴が片方ないといって土間へすわり込んで靴をさがした。彼の靴の片方は裏返しになってテーブルの奥に転がっていた。店の人が駆け寄ってきて、イソに靴を履かせた。歩き出すと、小仏はイソの尻を思い切り蹴った。怒るかと思ったら、イソは鼻歌をうたいはじめた。

2

　きょうも天気に恵まれた。ＪＲ大糸線に沿う国道一四七号線を北へ向かって走った。途中、高瀬川をちらりと見て、大町市を抜け、木崎湖、青木湖などの仁科三湖を通過して白馬村を通り抜けた。信濃森上駅近くで車をとめて、鹿島槍ケ岳、五龍岳、白馬岳などの後立山連峰を仰いだ。山肌は濃い紫色に見え、白い部分がいくつかある。残雪帯のようだ。

　国道はいつの間にか一四八号に変わり糸魚川街道になっていた。道路は姫川を二度渡った。小谷村だ。下里瀬温泉、姫川温泉の看板を左手に見たところで農道へ逸れた。富永という家に近づいているはずだった。

畑で作業をしている人を見つけて、富永家は近所なのかと尋ねた。麦藁帽子の男が腰を伸ばして、桑畑の先を指差した。その家は国道のすぐ近くだった。

平屋の古い家の庭には蓙が敷いてあった。畑でとれた物を干すつもりらしい。縁側の戸が開いていて、黒い猫がすわって小仏をにらんでいた。

帽子をかぶった痩せぎすの男が小屋から出てきた。それが富永健次で、妻を国道で失った人だった。四十歳ぐらいに見えた。

小仏は富永に近寄って名刺を出し、若松順策が週刊誌に書いたものを読んだ者だといった。富永は帽子を脱ぐと、蓙の横へ折りたたみ椅子を置いた。

「お子さんは、何歳ですか」

小仏がきいた。

「十一歳で、小学五年生です。名は正志です」

富永は太い指の手で膝をにぎって答えた。

「奥さんは、夜間に国道で災難に遭われたそうですね」

「私の母と妹は、国道の向こう側の家に住んでいます。加世は、あ、女房の名です。加世はおはぎをつくったので、それを母と妹のところへ届けるといって、午後七時ごろ出ていったんです。その日は曇っていて、暗くなりかけたころでした。……夕方の主婦にはいろいろ用事があるので、おはぎは私が届けにいけばよかったのに……。そのころ私は、息子とテレビを観て笑っていた。女房は急いでいたので、国道の信号のないところを横切ろうとした。それがいけなかったんです。でも車で人をはねてしまったんですから、その人を助けようとするのが、普通の人間です。事故が起きた直後だと思いますが、反対側を走っていた車の人が、車をとめて現場を見たんです。道路に人が倒れていて、路上に黒いものが散らばっていた。黒い色の乗用車が、倒れている人の五、六メートル先にとまって、運転していた人が降りるような格好をしたが、その人はドアを閉め直して走っていってしまった。その車の後ろを見て、とっさに目に焼きつけたのが品川というナンバーだったそうです。その車は北のほう、つまり糸魚川方向へ走っていってしまいました。その車と、倒れている人を見た人が一一〇番だか一一九番へ通報しました。走ってきた車は何台もとまって、現場を見ていたそうです。……加世は意識を失っていたようでした。あとで救急車の人にききましたけど、病院へ運ぶ途中で一時意識がもどって、正志の名を二、三度呼んだということでした。でも病院に着く前に息を引き取ったんです」

富永は唇を噛んだ。

「加害者の車には、何人も乗っていたのでしょうか」

「いいえ。単独だったようです」

「若松さんの書いたものによると、富永さんは息子さんと一緒に、加害者さがしをなさっていたそうですが」

「品川ナンバーの車の人は、なにかの用事でここの付近へきたのかもしれません。ですから、その人が訪問したところをさがしあてることにして、正志と一緒に歩きました」

「手応えはありましたか」

「ありません。今度の日曜にも、正志と一緒に聞き込みをするつもりです。品川ナンバーの車を運転していた男は、この小谷より北のほうに用事があったものと私はにらんでいます。ですので、一四八号沿いを北へ念入りに歩きます。正志は、一生の仕事になってもいいといっているんです。……私と正志のことを知って、役場に勤めている二人の若い女性が、今度の日曜から聞き込みを手伝ってくれることになっているんです。その二人は、若松さんが私たちのことを書いたものを読んで、私と正志を励ましにきてくれたんです。ここで話しているうちに、『わたしたちも協力しよう』ということになって……」

富永は瞳を光らせた。

小仏の胸には、富永がいった「北へ念入りに」という言葉が突き刺さった。品川ナンバーの黒い乗用車の行き先は、小谷村よりも北であったにちがいない。その行き先が判明すれば、品川ナンバーの乗用車に乗っていたのがだれかが分かるだろう。

もしかしたら若松は、品川ナンバーの乗用車の終着点をつかんだのではないか。そのために悲惨な結果になったことが考えられる。

「交通事故の現場より北のほう。……漠然としているね。品川ナンバーの黒い乗用車の行き先をつかむ方法は……」

イソは瞳をくるりと回転させた。

「奥さんをはねた品川ナンバーの黒い車さがしに、私たちも協力します」

小仏は富永の光った瞳にいった。

ここの所轄は大町署だという。当然同署は加害車輌（しゃりょう）を特定する捜査をしているが、いまのところ加害者に結びつくような情報をつかめないでいるようだ。

小仏たちは国道一四八号を糸魚川市へ抜け、車首を北陸道の西へ向けることにした。市内を走っているうちに花屋を見つけた。白と黄と赤のバラを束にしてもらった。日本海の波しぶきを浴びそうな国道を親不知に向かって走った。

親不知ピアパークに着いた。観光客らしい三人の女性がカメラを向け合っていた。パトカーと黒い車が着いていて、私服が二人、公園内を見まわるように歩いていた。

その二人に、若松順策が無念の最期をとげた現場を尋ねた。

「あなたは、被害者とはどういう関係ですか」

どこの警官もそういうことをきく。

「ルポライターとして、事件を調べているあいだに不幸な目に遭った。知り合いではないが、気の毒に思ったので……」

小仏は、イソが抱えているバラの花束を目で指した。年嵩（としかさ）の警官が木立ちと草むらのほうを指で教えた。

草むらに花束を置いた小仏とイソは合掌した。小仏の頭に、若松が週刊誌に書いた富永父子の調査行が浮かんだ。病院へ運ばれる救急車内で、車にはねられた三十六歳の主婦は、息子の名を二、三度呼んで息絶えたという。

「畜生」

イソは、たまりかねたように海に向かって吼（ほ）えた。その声に呼応するように切り立った岩壁を波が叩いた。観光客の三人の女性が近寄ってくると供えた花束を見て、「なにがあったんですか」ときいた。小仏は若松の無念を代弁した。


糸魚川でレンタカーを返すと、列車で帰ることにした。イソは車内で弁当を食べ終えると、車窓に一瞥（いちべつ）もくれず目を瞑った。東京へは約二時間である。東京駅で目を開けた彼は両腕を天井に向かって伸ばすと、

「おれたちは、働きすぎじゃないかな」

といって、鞄を叩いた。

小仏はなにも答えず、イソの前を歩いた。

若松順策の住所は板橋区の中心部だった。最寄り駅を出たところで花を買った。

若松が住んでいたのは古いマンションの五階。ドアの上には「若松」の小ぶりの表札が出ていたが、だれもいないようだった。

隣室の主婦らしい女性が顔をのぞかせて、

「奥さんは間もなく帰ってくる時間です」

といった。若松の妻の咲子は市内の老人ホームに勤めているのだという。二十歳と高校生の娘が同居している。姉のほうはカメラのレンズをつくっている会社に勤めていると主婦が教えてくれた。

その主婦がいったとおり、咲子が布袋を提げて帰宅した。買い物をしてきたらしく袋はふくらんでいた。小柄な彼女は少し猫背だった。勤務先で老人の世話をしているので、背が丸くなったのかもしれなかった。四十代半ばに見えるが、額には深い皺があった。

ドアの前に大柄な男が二人立っていたので、驚いたような顔をしたが、イソが持っている花束を見て腰を折った。

仏壇があった。たぶん若松の親が位牌になっているらしい。そこに供えられていた花はしおれていたので、咲子はそれを台所へ棄てにいった。さし替えたバラがあまりに白かったからか、咲子は両手を顔にあてて肩を震わせた。

小仏の目には線香の煙が入った。

「ただいま」

という声がして、部屋へ入ってきたのは高校生の娘だった。彼女は、来客の二人に挨拶してから仏壇に手を合わせた。

小仏は、かまわないでくれといったが、咲子はお茶を淹れた。

「若松さんは、以前、品川の大東物流センターにお勤めになっていたそうですね」

小仏が咲子にきいた。

「七、八年前まで、その会社に長く勤めていました。日曜に娘を二人連れて日光へいったとき、やはりハイキングにきていた若い夫婦の女の子が、行方不明になりました。若松は、ハイカーや警察や消防の人たちと一緒に女の子をさがしました。女の子は行方不明のままです。若松はその出来事を書いて週刊誌に送ったんです。するとその原稿は採用されて、週刊誌に載りました。……週刊誌からは電話がきて、相談があるといわれました。神田の出版社へは初めていったんです。そこの編集長という方から、ある地方で起きた不可解な出来事を追跡して、文章にしないかといわれたそうです。……若松はそのずっと前から、ものを書く仕事をしたいと考えていたので、編集長の誘いにのって引き受けました。会社を辞めたんです。たしか秋田県だったと思いますが、取材だといって現地へ何日間かいって、調べごとをして、帰ってくると、寝る時間を惜しむようにして原稿を書いていました」

それが、ルポライターを本気でやるはじまりだったという。

五月下旬、若松は、調べたいことがあるので新潟へいくといって出掛けた。どこでどういうことを調べているのか、家族は知らなかった。四、五日経って帰宅し、二、三日、自宅で仕事をしていたがふたたび新潟へいくといって出掛けた。

幾日か後、警察から、若松が不幸な日に遭ったという電話を受けて、仰天した、と咲子は胸に手をあてていった。

「若松は殺されました。殺されるほど危険な仕事をしていたなんて……」

彼女は身震いするように首を振り、なにか悪いことでもしていたのだろうかといって、手を合わせた。

「若松さんが悪いことをしていたのではないでしょう。悪いことをした人間に接近しすぎたのだと思います。ある人間が秘密にしていたことを、若松さんはつかんだのでしょう。それを相手に知られてしまったんじゃないかと思います」

小仏はそういってから唇を嚙んだ。若松はある犯罪の事実をつかんだ。つかんだことを書くだけでよかったのだが、犯罪を犯した者に自白を迫ったということも考えられる。

「糸魚川の警察できいたことですが、若松は野球のバットよりも少し細い棒で、頭や背中を叩かれていたということです」

咲子は、白いバラが供えられた仏壇を振り仰いだ。若松を殺した犯人は、彼を憎んで叩き殺したにちがいない。犯人は、隠し通そうとしていた事件の秘密を、若松につかまれたことを知った。それで生かしておくわけにはいかないと決めたのだろう。

「好きな仕事に就くことができたのに……。その仕事をしていたために」

咲子は膝の上でにぎった拳を震わせた。

小仏は、若松がルポライターになる前の経歴をきいた。

「若松は長野県の岡谷(おかや)市の生まれです。東京の私立大学に入学したんですが、二年生のときだそうですが、小規模の機械工場を経営していたお父さんの会社が倒産してしまったんです。それで仕送りをしてもらえなくなって、大学を中退したんです。……わたしと知り合ったとき若松は宅配便の配達員をしていました。仕事がキツすぎるといって配達員を辞めて、大東物流センターに勤めました。宅配便より収入は減りましたけど、日曜日は休めるし、子どもと遊ぶこともできました。彼は旅行が好きで、二人の娘を連れて、一、二泊の旅をしていました」

「どこへ行きましたか」

小仏は、何度も目を拭う咲子を見ながらきいた。

「北海道が好きで、何度も何度もいっていました。わたしが憶えているのは、納沙布（のさっぷ）岬（みさき）、知床（しれとこ）半島、サロマ湖……」

北海道も東部が好きだったらしい夫を思い出してか、咲子は両手で顔をおおってしまった。

小仏が気付かぬうちに、娘が二人、彼の後ろにすわって、ハンカチをつかんでいた。

小仏は目を瞑って五、六分のあいだ黙っていたが、

「大東物流センターには、若松さんより少し若い徳久満輝という人が勤めていましたが、名前をきいたことがありましたか」

「憶えていません。若松は会社でのことをほとんど話しませんでしたし。……その人がなにか……」

「大東物流センターを辞めて、北アルプスの山小屋で管理人をしていましたが、五月の中旬のある日の夕方、姿を消してしまいました」

「姿を消した。それでは山小屋は困ったでしょうね。その管理人にはなにがあったんですか」

「それがよく分かっていません。推測では、会いたくない人が、その山小屋へ泊まりにくることになったからではないか、といわれています」

「徳久という人は、過去に隠しごとでもして、それを知られないために、山小屋の管理人をしていたのではありませんか」

咲子は膝を動かして、熱心な目になった。

「そういうことも考えられます」

「若松は、徳久という人をよく知っていたでしょうか」

「さあ、それは分かりません。ただ同僚だっただけかも」

小仏の後ろにすわっていた娘の姉のほうが、お茶を運んできた。髪は黒く、地味な服装をしていた。

小仏は礼をいって、小ぶりの茶碗を手に取ると、糸魚川署で若松が身に付けていた物を受け取ったかを咲子にきいた。

「受け取りました。リュックに入れていた着替えと、上着のポケットに入っていたノートとメモ用紙とペン二本と、それから財布です。ハンカチは恥ずかしいほど汚れていました」

「ノートには、なにか書いてあったでしょうね」

「はい。乱雑な字が……。字を丸で囲んでいたり……」

彼女はまた口に手をあてた。

「ノートを見せていただけませんか」

咲子はうなずくと、畳に手をついて立ち上がった。部屋を出ていく彼女を小仏は目で追った。気のせいか彼女の背中は揺れていた。

咲子は、夫が上着のポケットに入れていた物を角封筒から取り出した。

オレンジ色のキャンパスノートは、出し入れが激しかったからか、角がすり切れていた。汗もしみ込んでいるにちがいなかった。

咲子がいうとおり乱暴な文字が縦や横や斜めに並び、大きい字もあれば細かい文字やローマ字も入っている。地図らしい絵があり、地名が大きい文字で書いてあり、「川」や「窪地」や「畑」もあった。

［姫川渓谷・ヒスイを産する急流］［平岩（ひらいわ）＝姫川温泉。平岩駅の北約五〇〇メートル］

この文字の右横にはいくつもの丸印が付けられている。記憶にとどめておく必要のある重要な場所のように読めた。

小仏は自分のノートを出して、［平岩駅の北約五〇〇メートル］を書き写した。その記述の次のページは空白だ。なにかを書き込むために空けておいたようにも受け取れた。

次のページは手書きの地図。川があり橋があり、家屋なのか建物らしき屋根のしるしが七つあった。

小仏は、それも書き写した。

姫川渓谷も姫川温泉も大糸線平岩駅も新潟境である。ノートに地図を描いているということは、そこを記憶しておくか訪れる必要があったからにちがいない。

小仏の頭に、妻を交通事故で亡くした富永健次の言葉が蘇った。

『品川ナンバーの車を運転していた男は、この小谷より北のほうに用事があったものと私はにらんでいます。ですので、一四八号沿いを北へ念入りに歩きます』

小仏は腕の時計を見て、あわてて立ち上がった。とっくに夕食の時間を過ぎているにちがいなかった。

3

「小谷村の富永健次の妻を乗用車で轢いて逃げた男は、徳久満輝じゃないかと思う」

小仏は車のなかでイソに話し掛けた。

「根拠は……」

ハンドルをにぎっているイソは、前方をにらんだまままきいた。

「ルポライターの若松順策が殺された現場が親不知だときいたとき、徳久の出身地が、現在の糸魚川市青海で近いからだ。……十九年前、徳久は品川の二輪荘というアパートに住んでいた。その隣の部屋に住んでいた今宮靖光という男は、きわめて質(たち)の悪い人間で、徳久があずかっていた赤ん坊を邪魔になって棄てたと思い込んだらしい。徳久の部屋からたびたびきこえていた赤ん坊の声がしなくなったからだ。……今宮がそこで思い付いたのが、徳久の親を強請ることだった。親からそのことをきいた徳久は、たぶん実家付近をうろついていた今宮を親不知へ誘い、トンネル内で棒を拾ったかして、それで叩き殺した。徳久という男は、一見地味で、真面目に働いていそうに見えるが、凶暴な一面がある。……若松順策が殺された現場も親不知。殺しかたも今宮の場合と似ている」

あしたは、国道一四八号を北へ向かって、大糸線平岩駅か姫川温泉付近へいく。若松がノートに描いた地図にしたがって歩くことにする。

若松は、姫川温泉付近でなにかを見つけたのにちがいない。そこは徳久満輝に関係のある場所ではないか。

もしかしたらそこは、徳久が訪ねようとしていたところではないか。そこは個人の住宅か、それとも事業所のようなところなのか。若松は、住所表示を書いていない。ただペンで描いた地図だけだ。

ハンドルをにぎっているイソは、ガムを嚙みながら鼻歌をうたいはじめた。

「楽しいのか」

小仏はイソの横顔にきいた。

「小仏太郎と一緒に行動していて、楽しいなんて感じたこと、一度もない」

「苦痛なのか」

「吐きけをもよおすこと、しばしば」

「おれは、おまえと一緒だと、頭と腹が同時に痛み出す」

「腹が痛むのは、めしを食う時間をとうに過ぎているからだよ」

「いま思い付いたことなんだが、徳沢園に置いてあるグリーンの乗用車、徳久がやってきて、乗っていってしまうかもしれない。走行不能にしておく方法はないか」

「タイヤの横から、千枚通しなんかで穴を開ける方法があるよ。エアーの吹き出し音がするけど」

「よし。あしたは徳沢園へいって、ガレージに入っている徳久の車の空気を抜いておこう」

「はたして車があるかどうか。自分の車だからやつは乗って逃げたかも」

小仏とイソは事務所に着いた。アサオがリンゴ箱から飛び出てきて、小仏の足にからみついた。

腹の虫が、早くなにか食わせろと悲鳴を上げていた。二人はかめ家へ入った。カウンターでは一人だけ禿頭(とくとう)で猫背の男が銚子をかたむけていた。

小仏とイソは、厚いはんぺんを焙(あぶ)ってもらい、熱燗で腹の虫を黙らせた。二人が腹をすかせてきたと見た女将は、小鉢に里芋とイカの煮物を盛って出した。今夜はおやじがいなかった。

「具合でも悪くなったの」

小仏が女将にきいた。

「板橋で、ここと同じぐらいの店をやってた友だちが、急に倒れて……」

女将は目を瞑ってみせた。亡くなったというのだった。

「あした五十歳になるところだったっていうの」

「その人は、働きすぎじゃ」

イソがいった。

「そう。野菜は自分で埼玉の農家から買ってきて、魚は河岸へ仕入れにいってて、山菜を摘みにいく日もあったのに、年中無休の店をやってた人なの」

「おれも、長くは生きられないと思う」

「なにいってるのイソさん。まだ三十代でしょ」

「三十一だけど、からだは六十代だ。一年に五歳ずつぐらい歳をとる。このところ食欲も落ちた。それもこれもみんな小仏太郎の……」

「あれ、まあ。本人が横にいるのに」

小仏は、なにもいわず、はんぺんと里芋と人参とイカを食べると、酒のお代わりと焼き鳥を頼んだ。

イソは、マグロとアジの刺し身がうまいといい、味噌を塗ったおにぎりを二個頼んだ。

「おれの分は頼まないのか」

小仏がいった。

「じゃ、一個追加」

禿頭の男は椅子を立つと、尻のポケットから財布を出そうとしてよろけた。その男の腰をイソが両手で支えた。カウンターのなかから女将の娘のゆう子が出てきて、男の手を引いて店を出ていった。

「見たことのある人だが」

小仏が、店を出ていった男のことを女将にきいた。

「志村さんていってね、この辺のビルをいくつも持ってる人なの。ライアンが入ってるビルも、喫茶店のドミニカンが入ってるビルも、うなぎの芝川が入ってるビルも、志村さんの所有なの」

「かなりの年配のようだが」

「八十をいくつか出ているの。だけど元気で、週に一回は新小岩の若い女性のいるスナックへ飲みにいってるらしい。ここへ若い女性を二人連れてきてくれたこともあるの」

「奥さんは」

「何年も前に亡くなって、そのあと四十代の女性と一緒に暮らしていたらしいけど、いまはどうなのか」

女将は、焼き鳥に塩をふった。

イソは、日本酒をグラスに二杯飲み、おにぎりを二つ食べたところで、舟を漕ぎはじめた。いつも食事の最中に、バーのライアンへいきたいというのだが、今夜は、ホステスのキンコのことも忘れているようだった、
朝方、激しい雨の音をきいた。アサオは小仏の枕の横で前脚をそろえて寝ていた。冷たい水を一杯飲んで、もうひと眠りすることにした。カラマツ林にはさまれた薄暗い山道の風景が頭に映った。その道を、わりに上背のある男が走っている絵が浮かんだ。小仏は夢のなかでその男の背中を、見失うまいと追いかけていた。

その夢は現実になった。男を追いかけてはいなかったが、小仏とイソは、午後一時過ぎに徳沢園に着き、ガレージに収まっているダークグリーンの乗用車を確認した。徳久満輝は自分の車をとりにきていないのだ。彼は車をとりにいけば、そこに張り込んでいる警官に取り押さえられるのではと、警戒して近寄らないでいるようにも思わ

れる。

小仏とイソは、持参した千枚通しをタイヤの横に突き刺して、前後の車輪から空気を抜いた。器物損壊の嫌疑をかけられることだろうし、他人の車に危害を加えたのだから、始末書ぐらいは書かされるだろう。徳久が車をとりにきたら、ぺちゃんこのタイヤを見て腰を抜かし、車を放棄して逃げるのではないか。車を精しく点検されたことにも気付きそうだ。タイヤの空気を抜いて走行不能にされた。そういうことを警察がするだろうかと、首をかしげるだろう。

小仏は長塀山荘に電話した。きょうは若いほうの柴田はつ枝が応じた。

「なにか変わったことはありませんか」

「ありませんし、たいしょうからもなんの連絡もありません」

「お客さんは入っていますか」

「きのうの宿泊者は二人でしたけど、さっき電話があって、きょうは五人パーティーが泊まることになっています」

それは繁昌(はんじょう)なことだと小仏はいって電話を切った。彼は徳久の車に手をかけたことはいわなかった。

小仏とイソは、今夜も松本のホテルに泊まることにした。

イソは、腹がへったといって腹をさすったが、馬刺しを食いたいとはいわなかった。

「所長。今夜は、信州の旨い酒を飲もうよ」

「毎晩、旨い酒を飲んでるじゃないか」

「かめ家の酒は、旨いとはいえない。あの店じゃ、酒に水を足しているんじゃ」

「そんなことはしないだろう。あの店の酒は、福井のなんとか酒蔵から直接仕入れているらしい。おまえの口には、高級なものは合わないんだ。水を足した酒のほうが合うかも」

イソは拳をかためて小仏をにらんだ。

小仏は、以前、松本署員に案内された和食の店を思い出した。深志の時計博物館のすぐ近くだった。

「なんていう店」

イソはポケットからスマホを取り出した。

「たしか、福なんとかだったと思う」

「深志に福太郎という店が」

「そこだ。小座敷のあるきれいな店だったのを憶えている」

その店は、ホテルから歩いて七、八分だった。ビルの一階で、白と緑に塗り分けた格子戸にオレンジ色のライトをあてていた。

「高級そうだね」

イソは格子戸の前に立った。

「おまえには、ちょっと似合わないかも」

引き戸を開けると、レモンのような色の前掛けをした若い女性が小走りに出てきた。調理場が見えた。白衣に帽子をかぶった男が三人動いていた。

衝立で仕切られた座敷へ上がると、すぐにビールを頼み、それぞれに渡されたメニューを読んだ。

「おれはまず、小芋干し海老まぶしというのと、鱧の皮焼き」

イソはしばらく迷っていたが、長芋の千切りと鱧ずしを頼んだあと、鮎の田楽焼きにした。

ビールは一杯だけにして日本酒に切りかえた。太い徳利には黒い文字で「大信州」と書かれていた。

衝立の向こうの客は、男三人に女性が二人。言葉はきこえないが、ときどき全員が笑い声を上げた。

一時間あまりいて腰を上げると、竹の皮に包んだおにぎりを二つ持たせてくれた。

ホテルへもどって、冷や酒を飲みながら竹の皮で包んだおにぎりを開いた。山椒味噌と胡桃味噌を塗った小さめのおにぎりの芯には小梅が入っていた。

ひとつをつまんで口に運びかけたが、ふと思い付いてスマホのカメラをおにぎりに向けた。エミコに見せてやりたいし、かめ家の女将にも見せることにした。写真を見せたら女将は、「高い店なんでしょうね」というにちがいない。

窓をのぞいた。梅雨どきというのに空には雲がなく、円い月がホテルの上を越えようとしている。

4

昨夜の月は冴えていたのに、けさは薄い雲が西へ流れていた。

ゆうべは深酒をしなかったからか、イソは小仏より早く朝食をすませて、ロビーで新聞を広げていた。彼は横を通る小仏をちらりと見ただけでなにもいわず、新聞を両手で広げた。

松本駅前の街道を大糸線に沿って北上した。信濃大町と白馬でひと休みして、きょうも後立山連峰を仰いだ。

白馬駅前には登山装備の人が大勢いた。八方尾根を登る人も、ロープウェイに乗る人も、大雪渓を踏んで白馬岳を目指す人もいるだろう。ザックを背負った人たちを見ていると、ここ何年かのうちに女性の登山者が多くなったようだ。

小谷村で富永健次宅へ寄った。玄関へ声を掛けたが返事がなかった。縁側のガラス越しに黒い猫が外をにらんでいる。富永は農作業に出掛けているのだろう。

　国道を横切ろうとして車にはねられた富永加世の事故現場に、小仏はあらためて立ってみた。大町方面から見ると道路はゆるく右に曲がっている。彼女をはねた車はどのぐらいの速度で走っていたのかわからないが、二百メートルぐらい手前からでも道路の状況は見通せたと思う。道路を横切ろうとした彼女も走ってくる車を見ただろう。彼女は自分がつくったおはぎを抱えていた。夫の母と妹におはぎを早く届けようとしていたにちがいない。その焦りが、走ってくる車を見落としたのか。それに国道の信号のないところを横切ることに馴れていた。その習慣のために、近づいてくる車がまるで死角になっていて目に入らなかったのではなかろうか。

　車を運転していたほうは、なにか考えごとでもしていたのでは。そのため、道路へ飛び出るようにあらわれた人影が目に入らなかった。人をはねた瞬間、われに返った。人をはねたことに気付くと、数メートル先で車をとめた。路上に倒れている人のところへ駆け寄ろうと車を降りかけた。が、無関係の車がとまって現場を見ていた。その視線を感じると、倒れている人のところへは近づけなくなり、あわてて走りはじめた。スピードを上げた。事故を目撃したにちがいない人たちから逃げることにした。バックミラーを何度ものぞいた。だれかが追いかけてきそうな気もした。現場へ引き返そうかとも思った。国道を逸れて横道に入って車をとめた。何分間か目を瞑っていた。

路上に横たわっているにちがいない人に向かって、手を合わせた。救急車のサイレンをきくと、自分の車に事故の痕跡が貼り付いていないかが気になりはじめた。

車を運転していた人物は、どこかでだれかと会う約束でもしていたのかもしれない。会う人を待たせたくなかった――

姫川を二度渡って北小谷駅に着いたところで、小仏はノートを開いた。若松順策のノートを見て要点と思われる部分を書き取ったページを開いた。[平岩駅の北約五〇〇メートル」という記述が気になった。

「平岩は次の駅だな」

小仏がいうとイソはのろのろと車を走らせた。左右に目を配りながら平岩駅に着いた。小さな駅の前にリュックを背負った若い女性が二人立っていた。ハイカーのようだ。その二人の背後では姫川温泉の写真入りの看板が薄陽を浴びていた。

「ここから北へ五百メートル。そこにはなにがあるのか」

小仏は北の方向を眺めた。

この辺では翡翠(ひすい)がとれる。夏になると姫川のなかを歩いて翡翠をさがす人がいるのを、なにかで読んだ記憶がある。薄い緑色をした硬玉だ。

平岩駅から北へ五百メートル。国道一四八号はくねくね曲がった。この辺が姫川集落なのだ。緩い傾斜地を国道よりせまい道が登っていた。

若松はこの道路と思われる線の右横に丸印をいくつも付けている。ほかに枝道は見あたらないから、彼はこの道を重要視したらしい。

小仏とイソは車を降りた。人影のない緩い坂道を登ると人家があらわれた。どの家の横にも柿の木があって緑の葉を付けた枝を広げていた。

「ここは関係のない土地のことを思い出した」

小仏が立ちどまった。

「どこのこと」

「四国の四万十川(しまんとがわ)の川沿いを歩いたことがあった」

「鮎でも食ったのを思い出したんじゃ」

「そうじゃない。川岸のどの家にも太い柿の木があった。おれが訪れたときは九月下旬だったと思う。柿が紅い実をいっぱい付けていたのを見て、食糧のとぼしいころに植えた柿だが、それを食べる人が少なくなって、野鳥に食べられるのを待っているようだった」

「この辺も同じじゃないかな」

家屋があらわれた。平屋も二階建てもあった。家屋の数は七つ。七番目は他の家より大きい二階建てで旅館だった。一、二歩近寄ると杉の柾(まさ)の浮いた板に「旅荘茶々(ちゃちゃ)

倉」という黒ずんだ札が出ていた。その建物の裏側からは湯気が薄く立ちのぼっている。たぶん露天風呂があるのだろう。湯面に湯気が白く這っている岩風呂を小仏は想像した。古い建物の半分は割り竹で囲み、横にはガレージがあって軽乗用車が一台とまっていた。

「隠れ家みたいな旅館だね」

イソがいった。

その旅館の位置から奥には家屋は見当たらなかった。旅館とは道をへだてて広場がある。そこはどうやら宿泊客用の駐車場のようだ。

その旅館から数えて三番目の民家の玄関が開いていたので声を掛けた。髪の白い小太りの女性が顔を出した。

小仏は土間へ入って、茶々倉のことをききたいといった。

「なにを知りたいのですか」

七十歳近いだろうと思われる女性は皺に囲まれた口を動かした。

「この先に、茶々倉さんというういい旅館がありますね」

「ええ。とてもきれいな温泉旅館だそうです。わたしはこの家へ嫁入りして四十五年目ですが、茶々倉さんへは入ったことがありません。人の話だと、たいそう高級な旅館だそうですよ。いまの方は三代目か四代目のようです」

「経営者は何歳ぐらいの方ですか」

「三十をいくつかは出ているでしょうね。お婿さんを迎えないで、独りで切り盛りされているようです」

「えっ、女性ですか」

「はい。先代の一人娘さんです」

小仏は経営者の名をきいた。

「倉本真紀さんです。町会の役員をしていたことがあって、会報だったかに書かれていた名前を見て、憶えたんです。やさしげな顔立ちですけど、親からあずかった旅館を女手で経営なさっているのですから、しっかり者なんでしょうね」

「お話をなさったことがありますか」

「何度かあります。おととしの夏のことですけど、大雨が降って、上のほうから土砂や枯木なんかが道路へ流れてきました。ここの七軒からは総出で片付けをしました。とても一日では片付けられなかったんですが、倉本さんは暗くなるまで枯木の片付けなんかをしていました。その日は旅館にお客さんはいなかったのでしょうけど、夜まで働いているのを見て、感心したことを憶えています」

旅館はそう大きくはなさそうだが、何室ぐらいあるのかを聞くと、

「五つか六つだそうです。でも満室になる日はないらしくて、毎日、二組か三組が泊

まる程度のようです。……あ、思い出しました」

　白い頭の彼女は天井を向いた。

「大雨が降った二、三日あとでした。男の人が倉本さんの作業を手伝いにきていました。その人は二日か三日滞在していたようでした」

「何歳ぐらいの男性ですか」

「四十歳ぐらいだったと思います。旅館のお客さんでないことは確かです。その何か月かあとだったと思いますが、その人が車を運転してきたのを見ました」

「倉本さんとは、どういう関係の男性だと思われましたか」

「親戚（しんせき）か、近しい間柄の人でしょうね。その男の人は、汗ぐっしょりになって、流れてきた木を短く切ったり、手際よく束ねたりしていたのを、わたしはじっと見ていたことがありました。その人の作業がとても熱心に見えたからです」

「その男の人が運転してきたのは、どんな車だったか憶えていらっしゃいますか」

「黒い乗用車でした。どんな車かっていわれても、わたしには車のことは……」

　彼女はそういったが、またなにかを思い出したといって瞳を動かした。

「今年の一月か二月です。倉本さんのところへくる男の人は、積もった雪で道路の境が分からなくなったらしくて、車を畑へ突っ込んで動けなくなりました。それを見た何人かが家から飛び出てきて、車を畑から引き揚げました。……あっ、また思い出した。その車の色は黒だと思っていましたけど、濃い緑でした」

「濃い緑。まちがいないですか」

小仏は主婦の顔を突き刺すように見直した。

「まちがいなく濃い緑です。そのあともその車を見ています」

倉本真紀を訪ねていたのは徳久満輝だったように思われる。徳久は、毎月二日つづけて休みをとり、車を運転していく。その行き先はこの一軒宿の茶々倉だったのではないか。そこには独りで旅館を切り盛りしている倉本真紀がいる。徳久と彼女は恋仲なのだろう。

徳久は姫川温泉のはずれの茶々倉へいくために国道一四八号を走っていた。その途中の小谷村で、国道を渡ろうとしていた農家の主婦の富永加世をはねてしまった。人をはねたことが分かったので、彼はいったんは、路上に倒れている人のところへ駆け寄ろうとした。が、事故とは無関係の車が何台か停止して、現場をにらんでいた。それを見た彼は怖くなった。人命救助を忘れた。倉本真紀の顔が浮かんだかもしれない。彼女は彼の到着を待っている。その思いのほうへ彼は引きずられ、車のハンドルをにぎり直した。走りながら、何度もバックミラーをのぞいただろう。追いかけてくる車がありそうな気もしたからだ。横道に逸れ、追いかけてくる車がないかを確かめたことも考えられる。

震える手でハンドルをにぎって、茶々倉へ着いた。追いかけてくる車がないのを確かめて、旅荘へ飛び込んだ。顔を蒼白にしながら彼女を抱きしめたが、途中の小谷村で人をはねてしまったことは口に出さなかった。

徳久はどこのだれをはねたのかは分からなかっただろう。男か女かも知らなかった。

新聞には国道一四八号で発生した交通事故が載った。「乗用車が轢き逃げ」というタイトルが付いていて、被害者は現場付近の農家の主婦で富永加世さん、三十六歳。加害車輛を運転していたのは男性で、その車は小谷村から糸魚川方面へ走り去った。警察では加害車輛を特定するために懸命の捜査をしている、と書いてあった。

5

小仏は、旅荘茶々倉の玄関へ入った。上がり口の廊下は鏡のように光っていた。突き当たりの壁に太字の軸が垂れていて「人の世を炎と詠んだ人のあり　誨道」とあった。

奥へ向かって声を掛けた。「はい。ただいま」と、明るい声が返ってきた。返事の声のわりに人が出てくるのが遅く、三、四分してから小走りの足音が近づいてきた。

「いらっしゃいませ」

髪を後ろで束ねた面長の女性が前を手で隠すようにして腰を折った。三十二、三歳といったところだろう。身長は一六〇センチぐらい。彼女は、上背があって顔の大きい男が玄関の中央に立っていたからか、少し眉を寄せた。

「倉本真紀さんですね」

小仏がいうと、彼女はまばたきをしてから、

「倉本です」

と細い声で答えた。

小仏は名刺を渡すと彼女の表情を見た。

「探偵事務所の方。ご用はなんでしょう」

眉間（みけん）に皺を立てたままきいた。

「こちらへは、たびたび、徳久満輝さんがおいでになっていますよね」

彼女の顔から急に血の気が退（ひ）いた。

小仏は、徳久のことについてききたいことがあるのだといった。

彼女の顔が少しかたむいた。小仏の要求に応えるべきかどうかを迷ったようだった。

「徳久さんがきていましたよね」

小仏は念を押した。

彼女は小さくうなずくと、

「どうぞお上がりください」

といって、灰色のスリッパを出した。それは上等の物だった。

通されたのは洋間だった。壁には一メートル四方ぐらいの油絵が飾られていた。黒ぐろとした枝についた紅い柿を二羽の野鳥がつついている。小仏はその絵をじっと見てから、一礼してソファに腰掛けた。真紀は小仏の正面に腰掛けると目を伏せた。

「徳久さんとのお付き合いは、長いのですか」

「何年か前からです」

彼女は目を伏せて小さい声で、曖昧な答えかたをした。

「徳久さんは、月に一回ぐらいの割合で、こちらへ泊まりにきていたんですね」

「はい」

「四月に徳久さんがこちらへきたのは夜だったと思いますが、憶えていますか」

「夜に着くことはたびたびありました。四月のときも夜だったと思います」

「そのときの徳久さんのようすは、いつもとはちがっていたのではありませんか」

「そうだったかも……。よくは憶えていませんが、なにか」

「夜の七時ごろ、小谷村の国道一四八号で、農家の三十代の主婦が轢き逃げに遭って、亡くなりました。主婦をはねた車は、いったん停止したが、なにをどう考えたのか、走り去ってしまった。……その車を運転していたのがだれかを、警察以外にさがしていた人がいました。亡くなった主婦の夫と子どもですが、そのほかに、週刊誌などに事件や変わった出来事を書いていた若松順策さんという人もです。彼は、国道一四八号の轢き逃げ事件を調べていて、その夜の加害車輛は、姫川温泉の茶々倉という旅館に着いたらしいことを突きとめた。……若松さんは、轢き逃げ事件を目撃した人の話を詳しくきいたのだと思います。事件発生時、その瞬間を目撃したある人は、人をはねたのに、その場から逃げ去った加害車輛を追いかけたにちがいない。だが加害車輛を姫川温泉かその付近で見失ってしまった。若松さんは加害車輛を追いかけた人からなお詳しく話をきいて、その車の行き先を突きとめた。加害車輛が行き着いたところは、こちらの旅館だったんです。若松さんは、加害車輛が、どこのだれのものかを調べて、それをつかんだ」

彼女は手を固くにぎり合わせると、顎の下で震わせた。額には血管が青く浮いた。

彼女は数分のあいだなにもいわなかったが、小さな咳をしてから、

「若松さんという方は、徳久さんに会いにいったのでしょうか」

「徳久さんが偽名を使って、若松さんを誘い出したのだと思います」

「誘い出した。……二人は、どこかで会ったのでしょうが、それは……」

「親不知ではないかと思います」

「親不知……」

彼女は両手を頬にあてた。

「親不知で、何日も前に殺されたと思われる男の人の遺体が発見されたのを、知っていますか」

「テレビのニュースでちらりと……」

彼女は、視線を宙に泳がせた。

「親不知の草むらで発見された他殺遺体は、若松順策さんでした」

「まさか、徳久さんが……」

「あなたは、最近、徳久さんと電話をし合っていますか」

「ここ半年ぐらい、私から電話したことはありません」

「徳久さんからは電話はきていたんですね」

「ここへくる前の日ぐらいに、電話をくれていました」

「最近の電話は、いつでしたか」

「はっきり憶えていませんが、一か月ほど前だったような気がします」

「そのとき、どこから掛けていたのかをいいましたか」

「いいえ。ケータイからですので、どこで掛けているのかは、分かりません」

「正確なことをうかがいます。……五月十二日以降、徳久さんから電話がありましたか」

「五月十二日以降……」

彼女は首を左右に曲げてから、徳久からの電話はないといい、五月十二日にはなにかがあったのかと、不安げに眉を寄せた。

五月十二日の夕方、徳久満輝は、管理人をしていた長塀山荘から姿を消した。その夜、上高地のホテル白糸荘に単独で泊まった男がいる。その男は、鞄もリュックも持っていなかった。目立つ持ち物は双眼鏡とライトだった。その男がどうやら徳久のようだ。

徳久は山荘の前に立って双眼鏡で、坂を登ってくる若い男の登山者をとらえた。と、その男は川名進一だった。進一が偽名で山荘へ泊まろうとしたのを知り、不吉な予感か危険を察知した。それで山荘をはなれ、山を下って、梓川に沿う白糸荘に飛び込んだものにちがいない。自分の車で逃げることも考えたろうが、あずけてある車に近づくと墓穴を掘ることになると考えた。

倉本真紀は窓のほうへ顔を向けると、独り言をつぶやきはじめた。

「徳久さんは、車を運転してここへくる途中の小谷村の国道で、道路を横切ろうとした主婦をはねてしまった。その事故を見た人が、現場から立ち去ろうとした徳久さんの車を追いかけた。けれど逃げ足が速くて追いつけなかった。……ルポライターの若松さんは、事故直後に徳久さんの車を追いかけた人に会って、どこで見失ったかをきいた。見失ったところは姫川温泉のはずれだった。それをきいた若松さんは、聞き込みをつづけて、主婦をはねた車が着いたと思われるところまで近づいた。……徳久さんは、若松さんという人が、轢き逃げ車の行き先を追跡しているのを知り、放っておくことができなくなった。そこで徳久さんは、若松さんの連絡先、つまり電話番号をきき出して、会いたいといって、その場所を親不知にした……」

彼女はそこまでいうと、小仏に顔を向けた。

その顔は、まちがっていないかときいていた。

小仏は大きくうなずいてみせた。

「徳久さんが四月にここへきたときのことを憶えていますか」

「どんなことをでしょうか」

「徳久さんは、何時ごろここへ着きましたか」

「いつもより遅くて、午後八時すぎだったような気がします」

「いつもとは、話し方も行動もちがっていなかったでしょうか」

「珍しいことに、疲れたといって、ひと風呂浴びたあと、魚の干物でお酒を一杯飲んだだけで、寝てしまったような気がします」

「次の日は、どうでしたか」

「調理場の一か所の引き戸の具合が悪くなっていたので、それを直してもらいました」

「その修繕にはどのぐらいの時間がかかりましたか」

「一時間ぐらいだったと。……いつもは具合のよくないところを見まわって、直してくれるのですけど、四月のときは、お風呂の掃除を終えると、縁側にすわって、ぼんやりしていました。わたしは山小屋の仕事が忙しくて、疲れていたのだろうと思っていました」

彼女は、夜の轢き逃げの現場を想像したのか、組み合わせた手を顎にあてて、遠くを見ているような目をした。

徳久は、早く真紀に会いたい一心で車のスピードを上げていた。それが取りかえしのつかない事故につながったのだろう。

彼は、重大事故を起こしてしまったことを真紀には話せなかった。轢き逃げは殺人に相当する。自首すれば、罪はいくぶん軽くなるがその勇気がなかった。彼は、人をはねたことに気付いたとき、現場に立って、救急車を呼び、警察にも通報すべきだったと後悔したかもしれない。あとで事故がバレたとき、人をはねたことなど気付かなかったとでもいうつもりだったのか。

彼は、人としてやるべきことを怠った。そのために恋人の真紀にも前夜の出来事を打ち明けられなくなった。人をはねた瞬間から彼は逃亡者となって、人の目を見るたびに怯(おび)えるようになった。

口をつぐんでいる日が一日延びれば、そのぶん罪は重くなる。

徳久は、倉本真紀の茶々倉で二夜を送ると、農家の主婦をはねた現場を逃れて上高地へもどり、いつもどおりに車をあずけて、長塀山荘へ帰った。

彼は隠しつづけている十九年前の事件を思い出すことがしばしばあったろう。品川の二輪荘アパートの隣室に住んでいた、今宮靖光といういくぶん不良がかった男を、親不知のトンネル内で叩き殺した。徳久の両親を強請って金を奪おうとしたからだ。その事件では取調べを受けたが、アリバイを主張して警察の手を逃れた。そして、皆川冬美という女性が事故死する原因を起こした過去もある。

遠く過ぎ去った出来事を思い出すと、身の毛が弥立(よだ)って寝つけない夜もあったが、山小屋の管理人になってからは、まずまず平穏な暮らしがつづいていた。姫川温泉に浸って、真紀の白いからだを抱くという楽しみを、月に一度は堪能できていた。

その彼女に会いにいく途中に、油断の深い穴が待っていることなど予想だにしなかった。

農家の主婦を車ではねて死なせてしまった悔恨は、かならず日に一度は頭に釘(くぎ)を刺していた。

ある日、宿泊者が置いていった週刊誌をめくっていた。と、そこからは、「母を轢き逃げされた少年」というタイトルの記事が目に飛び込んできた。母を輪禍で失った少年は、父親と共に、母親が遭った事故を目撃した人をさがし歩き、ついには加害車輛を追いかけた車の人に出会うことができた。その人から轢き逃げ車の特徴をつかむところまで追いつめた、とあり、姫川温泉と、付近の地図と、その記事を書いたルポライターの写真が載っていた。

記事を読み終えると徳久は、背中に冷や水を浴びせられた気がした。

ルポライターは若松順策。徳久はどこかできいたことがあるような名前だと思ったことだろう。

そこで彼はその記事が載っている週刊タッチの編集部に、若松順策の電話番号を尋ねた。

徳久は偽名を使って若松に電話した。小谷村の轢き逃げ事件に関してだが、加害車輛を運転していたと思われる人の住所の見当がついている。自分独りではその人に会いにはいけないので、一緒に訪ねてみないか、というようなことをいった。若松は、加害車輛と運転者を突きとめようと躍起になっているところだったので、天から降ってきたような話に飛びついた。

電話をよこした男は、若松と落ち合うところを親不知で、と指定した——と、小仏は推測した。

第七章　海峡

1

徳久満輝は、親不知で若松順策の到着を待っていたような気がする。若松が単独でくるとはかぎらないので、警戒を怠らなかっただろう。

だが、若松は単独だったと思われる。親不知の公園で二人は会うと名乗り合ったと思う。かつて同僚だった時期があったが、若松は徳久を記憶していなかったかもしれない。二人が轢き逃げ事件についての話をし合ったかどうかは分からない。小仏の想像では、徳久は若松に会うとすぐに、周りに人目のないのを確かめ、背中にでも隠していた棍棒(こんぼう)のような物をつかんで、いきなり殴りかかり、めった打ちにして殺害、草むらへ引きずり込んで隠した。若松の遺体はいずれだれかに発見され、他殺と断定されるだろうが、何者にいつやられたのか、どうしてそのような結果になったのかは判明しないだろうと徳久は読んでいた。

警察は若松の持ち物を調べているうち、ノートに記された手書きの地図から、轢き逃げ事件との関係を嗅ぎ、その地図の一か所には茶々倉という旅館がふくまれているのを知る。その旅館へは他の土地からお忍びでくるカップルが多いことや、旅館の経営者は三十三歳の独身女性だということも知る。その旅館へ、月に一度くらいのわりで泊まりにくる四十歳すぎの男がいる。その男は、濃い緑色の乗用車を運転して単独で訪れる。その男と旅館の経営者は恋仲だろうとみられているが、その男の来訪日時と、轢き逃げされた富永加世の事件を結びつける捜査員がいるだろうか。

徳久は、自分に振りかかる火の粉を払うように危険人物を消し、なにくわぬ態(てい)を装って長塀山荘にもどったが、予期せぬことが起こった。

川名進一が、偽名を使って山荘へ泊まろうとしてやってきた。本名で泊まってもいいのに偽名を用いる。それはなにかの企てがあるからにちがいない。徳久は、過去の犯罪をだれにも疑われていないと踏んでいたが、進一はどこかで、徳久は臭い、とにらんだのではないか。あるいはだれかから、徳久は十九年前に人を殺しているらしいときいた。それをきいたので、山荘においてなにかをさぐろうとしてやってきたような気がした。

それと徳久は、進一の実母の死因にかかわった男だ。徳久の心の奥底には、皆川冬美を死なせたという澱が黒く沈澱している。つまり徳久にとって進一は、近寄ってきてほしくない人物なのである。

徳久はときどき自分の過去を振り返った。同じところに長く勤めていると、いつどこでなにをしたかを知られそうだ。だからいつも会う人の顔色をうかがっていた。少しでも怪しい目で見られているのを知ると、折角覚えてもその職を捨て、勤め先を変え、住むところも転々とした。

だがなぜか同郷の川名沙矢子とは縁を絶やさなかった。そのために進一を知り、成長を見てきたのだった。徳久にとってはそれが邪魔で迷惑だった。

山荘へ偽名で泊まろうとしていた進一は、徳久に顔を知られていないと信じていたにちがいない。五月十二日の彼は、山荘の隅へ徳久を呼んで、徳久が隠していることを追及するつもりだったのではないのか。もしかしたら進一は、義母の沙矢子から、「二輪荘の隣室に住んでいた今宮という男を殺したのは、徳久だったような気がする。彼は警察に調べられたが、いいのがれをしたのだろうし、証拠もつかまれていなかったようなので、疑われてはいたがつかまらなかったのでは」とでもいわれていたということが考えられる。

犯行は十九年経っても二十年経っても消えるものではない。今宮は、クズのような人間とみられていたかもしれないが、生きつづけたかっただろう。

　徳久も生きつづけたいので、長塀山荘を棄てるように山を下ったのだ。そしていまはどこへいき、どんな暮らしを送っているのか。

　徳久もだが、進一もいなくなっている。進一も母を棄て、仕事を放棄した。

「おれは進一をこんなふうにみているんだが」

　イソは、ピーナッツを口に放り込みながらいった。

「どんなふうなんだ」

　小仏は、エミコが淹れてくれたコーヒーにシナモンを注いだ。

「川名沙矢子は、ときどき徳久満輝のことを思い出しては進一に話していたんじゃないかな。どこへいったとか、どこに住んで、どんな職業に就いていたかを話した。いま進一は、それを思い出して、徳久が住んでいそうなところをさがしているような気がするんだけど」

　小仏もそんな気がして、京都、東京、長野県のスキー場、と徳久が働いていたところをつぶやいた。

「徳久は、姫川温泉のはずれの茶々倉という旅館へいっていた。だが若松は、七軒の家が並んでいる場所を地図に描いてはいるが、いちばん奥が旅館だとはしていない。徳久がそこへいっていたことや、旅館の経営者と特別な仲だとまでは知らなかったんじゃないか」

小仏は額に手をやった。アサオは、自分のベッドにしているリンゴの箱から出てくると、小仏の足元でごろりと横になった。

「ルポライターの若松は、車で人をはねたのに、救護措置をとらずに逃げ去ったドライバーが、徳久だったと特定するにはいたらなかった。その夜の徳久は、食欲がなかったようだと彼女はいっていたな」

小仏は、風呂に浸かっている徳久の顔を想像した。彼は、鏡に映った自分を見てどんな気持ちになっただろうか。もしかしたら身震いしたかもしれない。

「所長……」

「なんだ、急にでかい声で」

「徳久は、姫川温泉にいるんじゃないかな」

「茶々倉に隠れているっていうのか」

「茶々倉にはいないが、その近くにいるような気がする。食っていかなきゃならないんで、なにか仕事をしているんじゃないかな」

温泉旅館の下働きでもしているのだろうか。

小仏は、これまで調べた事柄を安間に報告することにして、警視庁の門をくぐった。

「ご苦労だった。徳久満輝の居所をつかむのは難しいかもしれない。……あぶり出しの方法を使うか」

「あぶり出し……」

「徳久に関することを公表するんだ。それを目にした本人や関係者が、逃げきれないと判断すれば、出頭してくることが考えられる」

安間は、小谷村の富永加世を車ではねたのに、その場から逃走した車について、その車は乗用車で、品川ナンバーの可能性があり、事件当夜、姫川温泉に着いたものと思われることを、マスコミに発表するのだといって、報道機関の関係者を集めることにした。

まず、警視庁記者クラブの面々が集合した。

小谷村の主婦を国道ではねた車の運転手は男性で、分かっていることは四十二歳、身長は一七〇センチあまりで、がっしりとした体型。その男は、小谷村の轢き逃げ事件に関することを週刊誌に書いたライター殺し事件にも、関係している可能性がある、と発表した。

「そこまでつかんでいるのなら、どこそこのだれなのかが分かっているのでは」

記者の数人が同じ質問をした。

「見当はついているが、被疑者の住所は不明だし、確証をつかんだわけではないので、氏名は答えられない。目下、男の居どころをさがしている」

と、安間は逃げた。

各新聞は、警視庁の発表を掲載したし、テレビはニュースの時間に関係情報を流した。

すぐに反響があって、年齢と体格が報道と似ている男がいるという通報が何件もあった。

警察は通報を受けると、その人物の確認をし、所有車の点検もした。

新聞のM紙は、ルポライターの若松順策が轢き逃げ事件について調べたことや、取材ノートのメモなどを掲載した。

新聞S紙は、五月中旬、北アルプスの山小屋の管理人を務めていた男性が、突然姿を消した。その男性は山麓（さんろく）の某所に物資運搬用と称して、乗用車をあずけていたという記事を掲載した。

週刊タッチは、ルポライターの若松順策は、轢き逃げ事件に関係のある男から電話を受け、その男と新潟で会うといって自宅を出ている、と書いていた。

若松は自宅を出てから家族とは連絡を取っていなかった。三、四日経っても連絡がないので、妻は心配になって彼のスマホに電話した。すると電源が切られていた。妻はすぐに所轄の警察に相談していた。

2

イソは、糸魚川市の徳久満輝の実家を張り込む必要があることを強調した。

「ここまで調べて、その先は分かりませんでしたといって、放り出す気じゃないよね、所長は」

イソは、エミコにもシタジにもきこえる声でいった。

「放り出すつもりはないが、どこへ消えたか皆目見当がつかない人間を、どうしたらさがしあてられるかを、考えてたところだ。……糸魚川の実家。そこは警察がにらんでいる。徳久にもそれが分かっているだろうから、寄りつかないはずだ」

「徳久は、長塀山荘を出たとき、まとまった金を持っていなかったと思う。あちらこちらを泊まり歩き、あるいは何日かおきには野宿をしたかも。……困りはてた彼は、危険を覚悟で、親に頼ることにした。彼は両親に金を借りにいく。いや、彼はもう何日か前に実家に着いて、隠れているかも。それとも知り合いのだれかを使って、実家へ金を借りにいかせたかも」

イソはいいながら、袋に入っているピーナッツをぽろぽろと床にこぼした。

「実家へいこう」

　小仏はデスクを拳で叩いた。

「徳久がだれかを使ったんじゃなく、両親がだれかを使って、やつに金を届けさせたということも」

「そうか。現在の徳久には糸魚川やその近辺には親しい者はいないようだ。両親のどちらかが外出すれば、尾行がつきそうだということぐらいは分かっている。なので両親はだれかに使いを頼む。そいつの後を尾ければ徳久に……」

　きょうのイソは珍しく積極的である。


　翌日、小仏とイソはまた上越新幹線に乗った。けさは朝飯を食べる時間がなかったといって、イソは東京駅でおにぎりを買った。いくつ買ったのかを見ると四個だ。

「半分は所長の分」

　イソは、おにぎりを二個、小仏の膝へ置こうとした。

「おれは、ちゃんと朝飯をすませてきた」

「あ、そう。じゃ」

　イソはボトルのお茶を一口飲むとおにぎりにかぶりついた。二個だけ食べるのかと思ったら全部食べてしまい、腹をさすった。

小仏はなにもいわず、走りはじめた列車の窓を向いた。徳久満輝とはどんな風貌の男なのかを想像した。背はわりに高くてがっしりした体格だというのは人からきいている。勤務先では、口数が少なく温和そうで、決められたことをコツコツとやるタイプときいているが、じつは粗暴な一面を持っているのではないか。たとえば人といい合いをしてかっとなると、相手かまわず手を挙げる。相手が憎くなると許せなくなり、手加減ができなくなる人間なのでは。

彼は皆川冬美の死亡の原因に関係している。幼い男の子を何日間かあずかって疲れていたし気持ちが高ぶり、苛ついていたにちがいない。そのために赤子の母親である冬美に暴言を吐いたのではないか。それをいわれたほうの冬美は反発した。その一言によって徳久は彼女の頭か顔に手を挙げた。彼女は殴られて倒れたのだから、その一撃は強烈だったのだろう。

徳久は、品川区のアパートに住んでいたとき、隣室の今宮靖光という質のよくない男を、親不知で叩き殺しているらしい。今宮は徳久が、知人からあずかっていた赤ん坊が手に負えなくなったので、棄てたものとみたのか、徳久の実家へ押しかけ、「息子は東京で、重大事件を犯した。そのことを知っているのはおれだけだ」というようなことを父親に告げ、口止め料を強請ろうとした。この行為がよほど憎かったのか、棍棒で叩き殺している。

そして、ルポライターだ。若松順策は長野県の小谷村で起きた主婦轢き逃げ事件を調べ、主婦の夫と息子が轢き逃げ犯を追いつめようとしている記事を週刊誌に発表した。この記事を読んだ徳久は跳び上がるほど驚いた。若松は間もなく、轢き逃げ車と運転していた人物を特定しそうに思われ、じっとしていられなくなった。そこで偽名を使って若松を親不知へ誘い出し、今宮同様、棍棒によってめった打ちして殺害した。その前に、小谷村の主婦を車ではねて死亡させていた——徳久は自分を、運の悪い人間とみているのだろうか。

特急「はくたか」は東京から二時間と十五分で糸魚川へ到着した。レンタカーを調達すると姫川をまたぎ、北陸道を西へ走って青海に着いた。

徳久の実家は古びているせいか黒ずんで見えた。現在は満輝の両親だけのすまいだ。この前、糸魚川署で、満輝には栄子（えいこ）という妹が一人いて、深川（ふかがわ）という衣料品縫製業の人と結婚して、糸魚川市内に住んでいることを知った。

小仏とイソは、眠っているような、あるいは人が住んでいないようにも見える徳久家を観察した。出てくる人もいないし、入っていく人もいなかった。家の前の道路を車も人も通るが、徳久家へ寄る人はいなかった。

妹の深川縫製所を張り込んだ。そこへは車を運転している人や、大きい袋を持って出入りしている人はいたが、いずれも女性で、満輝らしい人の姿は目に映らなかった。

日が暮れた。小仏とイソは、糸魚川駅の近くへもどり、食事をするとビジネスホテルへ泊まった。小仏は夜中に目を醒ました。窓のカーテンを少し開けて外をのぞいた。街は灯を落として暗かったが、空には星が輝いていた。東京にいては見られない数の星が賑わうようにまたたいていた。空はあすの晴れを約束しているようでもあった。

小仏とイソは、きょうも徳久の実家を四、五十メートルはなれた位置で張り込んだ。満輝は、深夜に実家に入り、早朝に出掛けるのを繰り返しているのかもしれなかった。今夜は徹夜で張り込むことにしようと話していたところへ、グレーの古い型の乗用車が、まるで徳久家をのぞくようにのろのろ走り、通過してから五十メートルほど先でとまった。その車は四、五分後、車首をこちらへ向けた。世田谷ナンバーだ。運転している人しか乗っていない。

「おれたちと同じで、徳久の家を張り込んでいるんじゃないか」

小仏がいうと、イソは車を動かした。どんな人なのかを見てこようといってゆっくり転がした。

「あっ」

小仏が声を上げた。グレーの車の運転席にいて、なにかを食べているらしい男は川名進一だった。川名沙矢子の養子であり、長塀山荘へ上野洋一郎と称して宿泊しようとした男である。小仏は沙矢子から進一の顔写真をあずかっていた。

彼は長塀山荘へは入らず、山荘から逃走した徳久を追いかけたのではないか。だが追いつくことはできなかったにちがいない。

徳久は偽名で山荘へ泊まろうとした進一を危険な男とにらみ、山荘の管理人であることを忘れたように山を逃げ下って、行方知れずになった。

一方進一は、どうしても徳久に会わねばならなくなった。産みの母を死なせた男である徳久とは得心がいくまで話し合いたかったのか。いや、ちがう。進一は、徳久満輝がどういう男なのかを知ったのだろう。それで偽名を使い、傷付けるつもりだったのではないか。

徳久のほうはそれを感じ取った。だから逃走した。

小仏は車を降り、グレーの車のドアをノックした。若い男は目をむいた。川名進一かときくと、うなずいた。小仏は名乗り、沙矢子とは知り合いだと話した。進一はドアのロックを解いた。小仏は進一の車に乗り込み、助手席にすわった。自分の車なのかときくと、友だちから借りているといった。

「ここで、徳久満輝があらわれるのを張り込むつもりか」

小仏は、叩きつけるようないいかたをした。

「そうです。母と同郷なので、見当をつけました。いったんつかまえそうになったんですが、逃げられました。ぼくは、やつを二度逃がしてしまいました」

「二度……」

小仏は首をかたむけた。

「最初は、長塀山荘からでした」

進一は唇を噛んだ。

「二度目は……」

「ここの近くからです。やつは、ぼくが張り込んでいるのを見抜いたらしくて、実家へ入りかけたのに、逃げてしまいました。小仏さんは……」

「おれたちも徳久を追いかけているんだ。彼からはききたいことが山ほどあるので」

徳久は車に乗っているという。どんな車なのかを進一にきくと、オフホワイトの中型車だといった。

徳久の所有車は徳沢園のガレージで眠っている。小仏とイソがタイヤの空気を抜いてしまったので走ることはできない。だが徳久はそんなことは知らないだろう。彼は、偽名を使って、長塀山荘へやってくる進一を認めて怯えたのだろう。山荘を抜け出した彼は、その日の夜は上高地のホテル白糸荘に宿泊した。翌日はどのコースをたどったのか、生まれ故郷の糸魚川の青海へ向かったのだろう。

「徳久は、実家へ入りかけたが、あんたを見てどこへいった」

小仏は顎にうっすらと無精髭(ぶしょうひげ)の伸びた進一の顔にきいた。

「糸魚川駅近くまで追いかけたんですが、赤信号でとまっているあいだに見失いました。……ひとつだけ憶えていることがあります」

「憶えている。どんなこと……」

「古そうな車で、ナンバーは青森でした」

「青森ナンバー。するとその車は青森県内で調達。……もしかしたら盗んだんじゃないか」

　徳久は、実家の近くで進一が張り込んでいるのを知ったのだから、近寄らないだろう。両親に会って、徳久が滞在していそうな場所があるかをきいてみようか、と小仏はイソに話しかけた。

「それは無駄だと思う。たとえそういう場所を知っていたとしても、両親は教えてくれないに決まってる」

　イソはガムを嚙みながらいうと車を降りた。進一の車に近づくと、何日間か風呂に入っていないだろうと、あからさまなききかたをした。進一は上目遣いでうなずいた。

　小仏とイソは、進一を糸魚川のビジネスホテルへ連れていって、風呂を使わせ、食事をさせ、衣料品店で買った下着を与えた。

「あんたはどこへいってしまったのかって、お母さんは夜も眠れないほど心配してるだろうな」

小仏は、新しい物に着替えた進一にいった。

3

昨夜から降ったりやんだりしていた雨は、午前八時ごろにやみ、薄陽が差してきた。

イソは、ナビをじっくり見てから北へ向かって車を出した。北陸自動車道を新潟までいって、磐越(ばんえつ)自動車道で福島へ。そこからは東北自動車道へ乗り換えて青森までいくことにした。進一の記憶によると徳久は青森ナンバーの車に乗っていたという。彼には青森に知り合いがいるのだろうか。知り合いから車を借りることができたのか。

「青森まではどのぐらいの距離なんだ」

小仏がイソにきいた。

「七百六十四、五キロ」

「七百……」

「着くのは夕方になるよ」

九時間以上かかるだろうとイソはいった。

「二時間ぐらいで交替しよう」

小仏がいったが、イソはそれに答えず、進一がついてこられるかを心配した。

小仏は助手席から、何度も後ろを追ってくる進一の車を振り向いた。

燕市のサービスエリアで一息入れるために三人はコーヒーを飲み、新潟中央で磐越自動車道へ直角に折れた。

サービスエリアで休むたびに、イソは進一に、

「大丈夫か」

と声を掛けた。

午前中は右の車窓から陽が差し込んでいたが、東北自動車道では左側から陽差しが入った。小坂、弘前、黒石を通過して青森市に着いたときには陽は山陰に落ちかけていた。

広い道路をへだてて、青森駅を出入りする列車が窓から見えるホテルにチェックインしてから、「じゃっぱ津軽」という太字の暖簾を下げている居酒屋へ入った。日が暮れたばかりだというのに、すでに酔っているらしい客がいた。大声で喋りながら、手を叩いたり笑ったりしている。

「疲れただろ」

イソは進一を気遣った。「あんた酒を飲めるのか」ともきいた。

「飲めます」

「よし。男の子は、酒ぐらい飲めなくちゃ。あ、その前に、おふくろさんに電話したほうがいい。おふくろさんは、死ぬほどあんたのことを心配してると思うよ」

イソは、弟ができたようでうれしいらしい。小仏の存在をすっかり忘れたように、進一に話し掛けている。

「あんたが急に電話したら、おふくろさんは驚いて、気絶するかもしれないんで、でかい顔をしている小仏太郎に……。所長。飲み食いするより先に、熱海へ電話を」

小仏は、イソの顔をひとにらみすると、川名沙矢子のケータイに掛けた。

呼び出し音が五つ鳴って、「はい」と沙矢子が応じた。

小仏は、ただいま青森にいるのだといった。

「まあご遠方へ。お仕事なんですか」

「仕事です。きのう糸魚川で、珍しい人に出会いまして」

「きのうは、糸魚川だったんですか」

糸魚川は、彼女の古里である。

小仏は、スマホを進一に渡した。

「お母さん、ごめんなさい」

進一は少し震える声で謝った。

沙矢子はなにをいったのか、進一はスマホを耳にあてながら、さかんに謝っていた。

彼女は、早く帰ってくるようにといっているにちがいなかった。

小仏が電話を代わった。沙矢子は、「進一をよろしく」といって、泣いていた。

イソは、マグロとタコの刺し身で日本酒を飲んでいた。ホッケとマダラ焼きを三人前頼んだといった。

進一は、指で涙を拭うと、酒を一口飲んで咽せた。イソはうなずくように首を振り、進一の盃に注いだ。

この店は人気があって繁昌しているらしく、客が次つぎに入ってきて、湯気と煙が天井を這っていた。進一は、料理が旨いを繰り返していたが、酒が効いてきてか、目が細くなった。客が拍手をしはじめた。入口のほうから三味の音が近づいてきた。

次の朝、小仏とイソより一歩遅れてレストランへ入ってきた進一は、よく眠ることができた、といって、二人に頭を下げた。沙矢子に躾られていてか、進一は行儀がいい。それに比べてイソは、フォークやナイフを皿に置く音は立てるし、周りの客をきょろきょろ見たりしている。

食事を終え、ロビーで新聞を読んでいるうち、小仏は、港に展示されている青函連絡船・八甲田丸を見学したくなった。かつて津軽海峡を往復していた貨客船だ。それをイソにいうと、

「いこう、いこう。おれもそれを見たい」

といって、新聞をたたんだ。

きょうは晴れそうだ。海の上に蒼空（あおぞら）がのぞき、白い雲が西のほうへ流れていく。

八甲田丸は、ホテルから歩いて五分だった。船体は白と黄色に塗り分けられていた。岸壁から船に乗り移ろうとしたとき、すぐ近くのベンチに腰掛けて口を動かしている男が目に入った。その男は薄汚れた服装をしているし、疲れはてているようにも見えた。男の前の車道にはオフホワイトの中型車がとまっていた。その車のナンバーは青森だ。

小仏は足をとめて、腰掛けている男のほうを向いた。

「あっ、徳久だ」

進一が小さく叫んだ。

「まちがいないか」

小仏が進一にきいた。

「まちがいありません」

「よし」

小仏は、ベンチに腰掛けている男の前へ立った。進一とイソがつづいた。

男はおにぎりを食べていた。膝に置いた紙の上にもおにぎりが一つのっている。男は、目の前に人が立ったのでびっくりしてか、中腰になった。唇には飯粒（めしつぶ）がついていた。幾日も洗っていないように顔は煤（すす）けている。進一が名を呼んだ。男はおにぎりをつかんでいる手を震わせた。

「徳久満輝さんですね」

小仏が男に一歩近寄っていった。

男は目を獣のように光らせたが、観念してか小さくうなずいた。

徳久の横には黒い革ジャンパーが置いてあり、それの袖はなにかをこすったように変色していた。

小仏は名乗ると、徳久の横に腰掛けた。

「進一さんは、あんたをさがしていた。それが分かっていたので、何日もかけてこの青森まで逃げたんだね」

徳久は、そうだというように首を縦に動かした。

「あの車は、あんたが乗っているのか」

「そうです」

「人の車だろ」

「盗みました」

「どうやって」

「飲料水の自販機にくる人を待っていたんです」

車を降りて、自販機で飲料水を買っている人のスキを狙って、車を乗り逃げしたということらしい。

「長塀山荘を抜け出して、なぜ、青森へきたんだ」

「この目の前の海峡を渡りたかったんです。……私は、これまでいくつもの罪を重ねてきました。罪を消すことはできませんが、海峡を渡って、出直そうと思いました」

「だが、渡らなかったじゃないか」

「毎日、きょうは渡ろう、きょうは渡ろうと、蒼い海を見て、考えていました」

「本州でやった犯罪から逃げようとしたんだね。……これまでやった犯罪を憶えているだろうね」

「忘れてはいません」

「十九年前、親不知で、今宮靖光という人を棍棒で殴って殺した。今宮という男は、あんたの実家を訪ねて、金を強請ろうとした。それが憎くて殺ったんだね」

「卑怯なやつでしたから……」

「進一さんのお母さんを、殴ってしまった」

「赤ん坊を私にあずけたのに、口答えしたので、腹を立ててしまった。後悔しました。腹を立てても、女性を殴ることはなかったと……」

徳久は、食べかけのおにぎりを紙に包んだ。コンビニで買ってきたものだったのだろうか。

「あんたには、姫川温泉に好きな人がいた。その人のところへ、月に一度ぐらいのわりで通っていた。その人の力仕事を手伝ったこともあった」

徳久は、胸で手を組み合わせた。

「四月にも、その女性がやっている旅館へ向かっていた。だがその途中の小谷村で、国道の信号のないところを横切ろうとしたその村の主婦を、はねて死なせてしまった。人をはねたことが分かったはずだ。即座に車から降りて救護措置をとるべきなのに、あんたは走り去った」

「あのときは、動転していた。冷静になれなかった。後悔したが……」

「後悔したかもしれないが、名乗り出なかった」

その轢き逃げ事件の犯人を割り出そうと、被害者の夫と息子は、目撃者さがしをしていた。そのことを知ったルポライターがいた。若松順策で、加害者をさがしていた被害者の夫と息子に協力の手を差し伸べていた。

「あんたは、その若松さんが身近に迫ってきたのを知った。あんたには若松さんが危険な人物に見えてきた。それで、誘い出すことにした。若松さんを親不知へ誘い出しただけではなかった。若松さんのほうも警戒をしていたと思うが、会うなり殴りかかってくるとまでは想像していなかっただろう。若松さんは、あんたに棍棒でめった打ちされて、草むらに放り込まれた」

小仏が低い声で責めると、徳久は両手で頭を抱えた。

風が出てきた。八甲田丸が軋むような音をたてた。

「自首しなさい。私たちは、あんたを警察へ突き出したりはしない」

警察署へいくようにと小仏は徳久を促した。

徳久は、最も大切な物だというふうに黒い革ジャンパーを抱えた。彼が盗んできたという車を小仏が運転し、徳久を助手席に乗せた。座席には紙袋が置いてあった。汚れた物でも入れてあるようだった。徳久はジャンパーとともにその袋を抱えた。

青森警察署の前に着くと、徳久を降ろした。

「私たちは、一時間ここにいる」

小仏はそっと徳久満輝の背中を押した。徳久は振り向くと、進一とイソにも頭を下げ、署の階段を上っていった。

徳久が乗り逃げしてきた車は、警察署の前へ置き去ることにした。

4

小仏は、熱海の沙矢子に電話した。糸魚川から青森市へ移った経緯と、進一と一緒に徳久満輝を青森の警察署の前まで連れていったことを話した。彼女は何度も洟(はな)をすすった。

東京ナンバーの車に乗っている進一と一緒に帰るというと、

「ちょっと待って」

と、彼女は早口でいった。

「わたし、青森でいってみたいところがあるんです」

「ほう。そこはどこ……」

「龍飛崎(たっぴざき)。そこから津軽海峡を眺めたいんです」

「そこには青函トンネル記念館があって、灯台があって、小さな漁港があるだけです」

「写真で見たことがあります。冬は人影がないということでした。いまは、観光の人がいっているでしょうね。……わたし、あした青森まで飛行機でいきます。龍飛崎までは遠いでしょうけど、連れていってください。進一も一緒に」

「いいでしょう。青森空港で待っています」

熱海で毎日、海を見ている人なのに、海峡を眺めたいという。海の色がちがうというのか。北の海峡のしぶきを浴びたいとでもいうのか。徳久が越えることのできなかった、海峡の風にあたってみたいのか。

日暮れを待つようにして、三人はきょうもじゃっぱ津軽へ食事にいった。赤い頭巾の女性従業員は小仏たちを憶えていて、笑顔で迎えると、衝立で仕切られた壁ぎわの席へ案内した。

「所長。きょうは大仕事をしたよね」

イソは目を細くした。三人はきのうと同じように日本酒で乾杯したが、進一は浮かない顔をしている。

「どうした」

小仏が進一にきいた。

「徳久満輝って、いったいどういう人間なのかを考えているんです」

「山小屋の管理人をしているくらいだから、地味で生真面目そうな人にみえるけど……」

小仏も、不運としかいいようのない徳久の過去を振り返った。一見、物静かだが、性格の奥に狂気が眠っているようだ。常に強迫観念が働いているらしく、事が起きると凶暴になる。彼は親不知において今宮靖光と若松順策を殺害しているが、そのやり方は残酷だ。

小仏は、人肌の酒を一杯飲むと進一を見つめて、

「お母さんと熱海へ帰って、あらためて晴遊閣で働くのか」

「晴遊閣で働きたいけど、黙って何日も休んだぼくを、社長が赦(ゆる)してくれないと思います」

「そうだな。おれが社長でも……」

小仏がいいかけるとイソが箸で皿を叩いた。

「そういう辛気くさい話はやめてよ。ものごとは成りゆき。晴遊閣へ復帰できなかったら、べつのホテルか料理屋へでもいきゃあいいじゃないの。若い男の働く場所は、いくらでもあるよ」

じゃっぱ汁と小型コンロにのせたホタテの貝焼きが運ばれてきた。

「所長。きょうは、いい仕事をしたよね」

イソの目の縁は赤くなっている。

「さっき、同じことをいったじゃないか」

今夜も、店の入口付近で三味が鳴りはじめた。客が手を叩いた。津軽三味線の流しがあらわれたのだった。

「いいねぇ、酒が旨いね」

　イソは上機嫌だ。彼は、「元気を出せ」とでもいうように、進一の肩を叩いて、酒を注いだ。


　翌日、午前十一時に小仏、イソ、進一の三人は、青森空港の到着ロビーに着いた。三人と同じように東京からやってくる人を五、六人が待っていた。

「進一くんは、お母さんに会えるのがうれしいだろうな」

　イソがいった。

「イソさんのお母さんは……」

　進一がきく。

「群馬の高崎にいる」

「ときどき会いにいくんでしょ」

「二年、いや三年になるかな。会っていない」

「そんなに。どうしてですか」

「おふくろは、おれのことが嫌いなんだ」

「なぜですか」

「顔を見たくないんで、くるなっていわれているんだ」

「どうしてですか」

「小仏探偵事務所なんかで、コキ使われているからだと思う」

「べつに悪いことじゃないと思いますけど」

「おれのおふくろは、小仏太郎の顔が嫌いらしい。いままで笑ったことがないような、必要以上にでかいツラが」

小仏は、イソの尻を蹴った。

バッグを提げた人たちが到着口を出てきた。進一は、小仏の背中に隠れるような格好をした。無断で家を出て、幾日も連絡を絶っていたからではないか。

沙矢子はクリーム色のシャツの上にオレンジ色のベストを重ねていた。リュックを背負い、茶色のバッグを襷掛けして、小仏を見つけると小走りに近寄り、腰を折った。

小仏の背中から進一が顔をのぞかせた。沙矢子はにぎっていたハンカチを口にあてた。

イソが進一の背中を押した。進一は他人にするように沙矢子に向かってちょこんと頭を下げた。

「なんだ、それだけか」

イソは唾を吐くようないいかたをした。

イソが車のハンドルをにぎった。小仏は助手席。沙矢子と進一は後部座席へ乗った。

これから龍飛崎へ向かうが、二時間半ぐらいかかるだろうと小仏が、後ろの席を向いていった。途中に食事ができるところがあるだろうかと、イソが前方をにらんだまま いった。

国道二八〇号は、右側車窓に海を映しながらJR津軽線に沿っていた。沙矢子は右車窓に額を押しつけるようにしていた。

「陸地が見えますけど、下北半島ですか」

「いま見えているのは、浅虫温泉のある夏泊半島です。あと一時間ぐらい走ると下北の北海岬が見えます」

蟹田に着いた。そこからは下北半島の西端が見えた。陸奥湾で最も幅のせまい平舘海峡だ。

小さな食堂があったので、そこで昼食にした。ほかに客は入っていなかった。四人とも天ぷらうどんを頼んだ。「サービスです」といって小ぶりのさざえの壺焼きを出してくれた。

蟹田からの松前街道はさびれていた。黒ずんだ壁の家が数軒ずつかたまっていたり、ところどころに廃屋と思われる建物も見えた。車は切り立った断崖の上を走り、三厩を通り、義経伝説のある寺を通過した。道路はいつの間にか三三九号に変わっていた。

小高いところに灯台が見えた。

「あれが龍飛崎ね」

そういった沙矢子の声はいくぶん震えていた。

風が吹き抜けている駐車場に着いた。車が三台とまっていた。

「着いた」

車を降りたイソは、両腕を伸ばした。

龍飛崎には青函トンネル記念館があり、断崖の上には灯台が建っていた。見下ろしたところは小さな漁港だった。人影はないが家が何軒か見えた。

進一は階段国道を見つけた。そこは国道三三九号の延長だった。階段は三百六十二段あって、三百八十八メートルあまりだという。イソと進一は階段国道を下り、息を切らせてもどってきた。階段脇の丸い丘には白と黄色の小花が咲いていた。

「津軽海峡冬景色」の歌が石に刻まれていた。イソが歌碑を仰いでうたいはじめた。進一が並んでうたった。沙矢子がイソと進一の後ろに立った。沙矢子の背後に小仏が立った。四人は、吠えるような波音をききながら声を張り上げて歌をうたった。

沙矢子は、毎日見ている熱海の海と津軽海峡の海は、色がちがうといった。どんなふうにちがうのかと小仏がきいた。

「色が濃いの。そして深いの」

彼女はなにを思い出してか、瞳を光らせた。

「なぜここへきたかったのかを、きいていなかったが……」

「高校生のとき、とも子という仲よしの同級生がいました。次の年には卒業するという秋のある日、とも子は親にも、だれにも行き先を告げずにいなくなりました」

「いなくなったとは……」

「家出したんです。彼女はわたしに何度か、龍飛崎へいってみたいといったことがありました。なぜなのかはきかなかったような気がします」

沙矢子は北を向いていたが、目を瞑った。仲よしだった同級生の顔と姿を思い出しているようにも見えた。とも子という女性は船に乗って、海峡を渡ったのだろうか。

解説

山前 譲
（推理小説研究家）

はたして名コンビなのか、それとも迷コンビなのか。東京は亀有に自宅兼事務所を構えている「小仏探偵事務所」での、小仏太郎所長と調査員のイソこと神磯十三（かみいそじゅうぞう）の関係である。

小仏探偵事務所にはもうひとり、シタジこと下地公司郎（しもじこうしろう）という調査員もいるが、真面目で仕事熱心な彼は単独で調査をすることが多い。一方、イソはあまりやる気を見せず、なんとも頼りないのである。だから小仏とイソが組んで調査を行うことが多いのだが、その間、小仏は食い意地の張ったイソをことあるごとに叱責し、イソは労働環境が悪いと小仏にしょっちゅう文句を言っている。

この漫才のようなやりとりがどこまで本気なのか、なかなか判断は難しい。というのも、小仏にイソを解雇する気配はなく、イソはイソで他の仕事を探している様子もないからである。そして近くの居酒屋で一緒によく飲んでいるのだから、案外気が合っているのかもしれない。

梓林太郎氏が二〇〇七年刊の『松島・作並殺人回路』でスタートさせたのが小仏太

郎シリーズである。その第一作から数えて十四作目となる本書『越後・親不知　翡翠の殺人』でも、そんなふたりの関係にまったく変化は見られない。ただここでは、かつてないほどのハードな調査行が小仏とイソに課せられていて、小仏とイソのやりともよりハードになっているような気がする。

　元刑事の小仏が亀有に探偵事務所を開いた経緯については、いまさら多くを語る必要はないだろう。交通事故を起した同僚の安間善行（やすまよしゆき）をかばって警察を辞めたのだが、そんな過去の縁で警察関係の仕事が飛び込んでくることも珍しくなかった。

　ある女性を誘拐した件で小仏にいいたいことがあると富山県警本部に電話が入った『信州安曇野　殺意の追跡』、安間が事務所に飛び込んできて女性刑事が殺された件で小仏を問い詰めている『秋山郷　殺人秘境』、警視庁の刑事部管理官の娘が行方不明になったと安間に呼び出された『富士五湖　氷穴の殺人』、妙な事件が立て続けに起きたと安間が料理屋で切り出す『長崎・有田殺人窯変』と、恩義を感じてか、あるいは経営状態を案じてか、小仏を頼りにすることの多い安間だ。

　さらに、安間の依頼に元刑事がやっている私立困りごと相談所が絡んでくる『旭川・大雪　白い殺人者』、移送中の参考人が逃げてしまったと渋い顔をして安間が相談する『函館殺人坂』、そして料亭で安間が上司の愛人問題を語り出す『男鹿半島北緯40度の殺人』……。閑古鳥さえも鳴かないことが多い小仏探偵事務所は、安間にずいぶん助けられてきた。

この『越後・親不知　翡翠の殺人』も安間の電話から調査行が始まっている。長野県の松本署から調査依頼があったという。奥上高地の徳沢と蝶ヶ岳を結ぶ長塀尾根の中間にある長塀山荘での出来事だった。山荘へ泊まるはずの登山者が夜になっても着かない。それを心配した管理人が外を見にいったのだが、彼はそのまま山小屋へもどってはこなかった。ついてはその管理人、徳久満輝を調べてほしいと安間はいうのである。

梓作品のメインルートといえばもちろん山岳ものだ。一九八〇年、「九月の渓で」で第三回エンタテインメント大賞を受賞して以来、北アルプスを中心とした山岳地を舞台にした作品群、とくにミステリーで梓氏はまさに独自の小説世界を構築していった。長野県警の道原伝吉、警視庁捜査一課の白鳥完一、さらには北アルプス山岳救助隊員の紫門一鬼（しもんいっき）のシリーズでは、とりわけ山岳がメインの舞台となっていて、サスペンスフルなストーリーが展開されていた。また山岳ならではのトリックも織り込まれていた。

ただ、梓氏は若い頃から登山に親しんでいたわけではない。『回想・松本清張　私だけが知る巨人の素顔』は、一九六〇年から二十年近い松本清張氏との付き合いを綴った貴重なエッセイ書だが、それと同時に梓氏が作家デビューするまでの足跡が記されていて興味深い。

一九三三年に長野県下伊那郡上郷(かみさと)村、現在の飯田市に生まれた梓氏はアルプスの山々に親しんでいたが、本格的に登り始めたのは一九五九年に企業コンサルタントとして働くようになってからだという。会社の先輩に北アルプスを登らないかと誘われたからだった。急いで登山用品を揃えた様子は、本書の一場面と重なり合うところがある。

〝小説を読むしか趣味のなかった私にべつの楽しみができた〟と前掲書には書かれていた。その趣味が後年、創作活動の方向性を定めていくのだが、北アルプスの山荘での不可解な出来事が発端で、道原伝吉シリーズでお馴染みの人物も登場するこの『越後・親不知　翡翠の殺人』もそれに連なる山岳ものの長編——としたいのだが、小仏の調査行はまさに迷宮をさ迷うかのような意外な展開を見せる。

消えた山荘の管理人の過去は霧に包まれていた。なにか隠したい事情があるのではないか。徳久の実家のある親不知、かつて彼の勤務先のあった京都や東京、彼と親しかったと思われる女性の実家の糸魚川、そしていよいよ上高地から山荘へ登りはじめると——。

やっぱりイソは弱音をすぐ吐くのだが、時にはそのイソの運転するレンタカーで、時には新幹線を利用してと、地道な、しかしじつに精力的な調査行が続く。そして浮かび上がってきたのは過去の事件と入り組んだ人間関係だった。

　道原伝吉刑事と共演した『信州安曇野　殺意の追跡』のような山岳ものも、もちろん小仏太郎シリーズにある。だが、タイトルに松島、作並、十和田、奥入瀬、秋山郷、高尾山、富士五湖、長崎、有田、旭川、函館、津軽、男鹿半島、遠州浜松、天城などといった地名が織り込まれているように、舞台にヴァラエティをもたすことが優先されているようだ。

　一九九〇年刊の『梓川 清流の殺意』を最初に、全国各地の〈川〉にまつわる事件を解決していく旅行作家の茶屋次郎のシリーズ、あるいは一九九五年刊の『白神山地殺人事件』以下の、私立探偵である岩波惇哉のシリーズに相通じるものがあるだろう。

　本書『越後・親不知　翡翠の殺人』は二〇二一年七月、ジョイ・ノベルス（実業之日本社）の一冊として書き下ろし刊行されたが、ヴァラエティ豊かな舞台という意味ではシリーズ屈指である。小仏（とイソ）の旅にはきっと引き込まれていくに違いない。ただささすがの小仏も、行き戻りつでなかなか先が見えないのだった。そんな小仏の執念の調査行は、思いもよらぬ場所でラストを迎える。

　小仏太郎シリーズはつづいて二〇二二年八月に、またもや安間が行方不明事件の調査を内密にやってほしいと相談している『京都化野(あだしの)殺人怪路』が刊行されている。そして二〇二三年八月には長野県で調査行が展開される『長野善光寺殺人参詣』が刊行されたが、それはシリーズ最終作となってしまった。

　作者である梓林太郎氏が二〇二四年一月、九十一歳で亡くなられたからである。小仏探偵事務所の最初の依頼人で事務所の紅一点であったエミコ、減らず口をたたくイソ、堅実な調査を小仏が評価していたイソジ……。慣れ親しんだ三人にも読者は別れを告げなければならなかった。

　梓林太郎氏といえば、文学賞のパーティー会場での凛とした立ち姿が思い出される。小柄ながら、きっちりとスーツに身を包んでまさにオーラを発していた。政治や経済などの時事的な話題に関する鋭い指摘は印象的だった。多方面に創作の萌芽をリサーチしていたことは小仏太郎シリーズでも明らかだろう。今はただ、遺された作品を通して、氏の四十年以上にも及ぶ創作活動を振り返ることしかできないのが残念である。

2021年6月ジョイ・ノベルス（小社）刊

実業之日本社文庫　最新刊

蒼月海里
海風デリバリー
高校を卒業し「かもめ配達」に就職した海原ソラは、様々な人と触れ合い成長していくが……。東京湾岸を舞台にした〝爽快&胸熱〟青春お仕事ストーリー!!

あ311

梓 林太郎
越後・親不知 翡翠の殺人 私立探偵・小仏太郎
京都、金沢、新潟・親不知……山小屋の男の失踪の裏には十八年前の殺人事件が!? 彼は被害者か犯人か？ 七色の殺意を呼ぶ死の断崖！（解説・山前 譲）
あ318

荒崎一海
孤剣乱斬　闇を斬る　七
若い男女が心中を装い殺されるが、二人に直接の繫がりはなく「闇」の仕業らしい。苦難の道を歩む剣士・鷹森真九郎の孤高の剣が舞い乱れるシリーズ最終巻！

あ287

井川香四郎
紅い月　浮世絵おたふく三姉妹
三社祭りで選ばれた「小町娘」が相次いで惨殺された。新たな犠牲者を出さぬため、水茶屋「おたふく」の三姉妹が真相解明に乗り出す！ 待望のシリーズ第二弾。

い1010

加藤 元
もりのかいぶつ
毒親に翻弄される少女に生きる理由と場所を与えてくれたのは、本だらけの家に住む偏屈な魔女の「おばさん」と「猫」だった——。感涙必至の少女成長譚!!

か103

近藤史恵
たまごの旅人
ひよっこ旅行添乗員・遥は、異国の地でひとり奮闘を続けるが、思わぬ事態が起こり……人生の転機と旅立ちを描くウェルメイドな物語。（解説・藤田香織）
こ37

沢里裕二
処女刑事　新宿ラストソング
新人女優が、歌舞伎町のホストクラブのビルから飛び下り自殺した。真木洋子×松重豊幸コンビは、若い女性を食い物にする巨悪と決戦へ！ 驚愕の最終巻!?

さ320

実業之日本社文庫　好評既刊

梓林太郎
松島・作並殺人回路　私立探偵・小仏太郎
尾瀬、松島、北アルプス、作並温泉……モデル謎の死の真相を追って、東京・葛飾の人情探偵が走る！　待望の傑作シリーズ第1弾！（解説・小日向 悠）
あ３１

梓林太郎
十和田・奥入瀬殺人回流　私立探偵・小仏太郎
紺碧の湖に映る殺意は、血塗られた奔流となった！――東京下町の人情探偵・小仏太郎が謎の女の影を追う、傑作旅情ミステリー第2弾。（解説・郷原 宏）
あ３２

梓林太郎
信州安曇野　殺意の追跡　私立探偵・小仏太郎
北アルプスを仰ぐ田園地帯で、私立探偵・小仏太郎と安曇野署刑事・道原伝吉の強力タッグが姿なき誘拐犯に挑む、シリーズ最大の追跡劇！（解説・小梛治宣）
あ３３

梓林太郎
秋山郷　殺人秘境　私立探偵・小仏太郎
女性刑事はなぜ殺されたのか!?「最後の秘境」と呼ばれる秋山郷に仕掛けられた罠とは――人気ミステリーシリーズ第4弾。（解説・山前 譲）
あ３４

梓林太郎
高尾山　魔界の殺人　私立探偵・小仏太郎
この山には死を招く魔物が棲んでいる!?――東京近郊の高尾山で女二人が殺された。事件の真相を下町探偵が解き明かす旅情ミステリー。（解説・細谷正充）
あ３５

実業之日本社文庫　好評既刊

実業之日本社文庫　好評既刊

梓林太郎
津軽龍飛崎殺人紀行　私立探偵・小仏太郎
長崎の旅から帰った数日後、男ははるか北の青森・津軽龍飛崎の草むらで死体となって発見された。殺された男の足跡をたどると、消えた女の謎が浮かび——。
あ316

梓林太郎
男鹿半島 北緯40度の殺人　私立探偵・小仏太郎
雪夜に消えたある男の行方を追って私立探偵・小仏太郎は秋田へ。男が抱える秘密と秋田、男鹿、角館で起きた連続殺人には関係が!?　大人気旅情ミステリー。
あ317

内田康夫
砂冥宮
忘れられた闘いの地で、男は忽然と消えた——。死の真相に近づくため、浅見光彦は三浦半島から金沢へ。待望の初文庫化！　著者自身による解説つき。
う12

内田康夫
風の盆幻想
富山・八尾町で老舗旅館の若旦那が謎の死を遂げた。警察の捜査に疑問を抱く浅見光彦と軽井沢のセンセの推理は？　傑作旅情ミステリー。（解説・山前　譲）
う13

内田康夫
しまなみ幻想
しまなみ海道に架かる橋から飛び降りた母の死に疑問を抱く少女とともに、浅見光彦は真相究明に乗り出すが……。美しい島と海が舞台の傑作旅情ミステリー！
う15

実業之日本社文庫　好評既刊

西村京太郎
十津川警部捜査行　殺意を運ぶリゾート特急

十津川警部の推理が光る、蔵王、富士五湖、軽井沢、伊豆、沖縄を舞台にした傑作短編選。これぞトラベルミステリーの王道、初文庫化。（解説・山前 譲）

に15

西村京太郎
十津川警部　赤と白のメロディ

闇献金疑惑で首相逮捕か!?「君は飯島町を知っているか」というパソコンに現れた謎のメッセージを追って、十津川警部が伊那路を走る！（解説・郷原 宏）

に16

西村京太郎
帰らざる街、小樽よ

小樽の新聞社の東京支社長、そして下町の飲み屋の女が殺された二つの事件の背後に男の影が——十津川警部は手がかりを求め小樽へ！（解説・細谷正充）

に17

西村京太郎
十津川警部　西武新宿線の死角

高田馬場駅で女性刺殺、北陸本線で特急サンダーバード脱線。西本刑事の友人が犯人と目されるが……十津川警部、渾身の捜査！（解説・香山二三郎）

に18

西村京太郎
十津川警部捜査行　東海道殺人エクスプレス

運河の見える駅で彼女は何を見たのか——十津川警部が悲劇の恨みを晴らす！　東海道をめぐる5つの殺人事件簿。傑作短編集。（解説・山前 譲）

に19

実業之日本社文庫　好評既刊

西村京太郎
若狭・城崎殺人ルート
天橋立行きの特急爆破事件は、美由紀が店で出会った男が犯人なのか？　疑いをもつ彼女のもとに十津川班が訪れ…緊迫のトラベルミステリー。（解説・山前 譲）
に1 21

西村京太郎
札沼線の愛と死　新十津川町を行く
殺人現場の雪の上には、血で十字のマークが。さらに十津川警部に謎の招待状⁉　捜査で北海道新十津川町へ飛ぶが、現地は魔法使いの噂が⁉（解説・山前譲）
に1 22

西村京太郎
二つ(ダブル)の首相暗殺計画
総理大臣が入院している大病院の看護師殺人事件の裏に潜む、恐るべき陰謀とは⁉　十津川警部が秘められた歴史と事件の扉をこじ開ける！（解説・山前 譲）
に1 23

西村京太郎
十津川警部捜査行　愛と幻影の谷川特急
編集部に人気作家から新作の原稿が届いたが、作家はその小説は書いていないという。数日後、彼は死体で発見され…関東地方を舞台にした傑作ミステリー集！
に1 24

西村京太郎
十津川警部　出雲伝説と木次線
スサノオの神社を潰せ。さもなくば人質は全員死ぬ！奥出雲の神話の里を走るトロッコ列車がトレインジャックされた。犯人が出した要求は⁉（解説／山前 譲）
に1 25

実業之日本社文庫 あ318

越後・親不知　翡翠の殺人　私立探偵・小仏太郎

2024年6月15日　初版第1刷発行

著　者　梓 林太郎

発行者　岩野裕一
発行所　株式会社実業之日本社
〒107-0062　東京都港区南青山6-6-22 emergence 2
電話 [編集]03(6809)0473 [販売]03(6809)0495
ホームページ　https://www.j-n.co.jp/
DTP　ラッシュ
印刷所　大日本印刷株式会社
製本所　大日本印刷株式会社

フォーマットデザイン　鈴木正道(Suzuki Design)

ISBN978-4-408-55886-8（第二文芸）